SCHERZ

W0307754

ELLERY QUEEN

Und kann ich nicht Dein Erbe sein

ROMAN

SCHERZ

Einzig berechtigte Übertragung aus dem Amerikanischen
von Mechtild Sandberg-Ciletti
Titel des Originals: »The House of Brass«
Umschlaggestaltung: Adolf Bachmann
Umschlagbild: AKG, Berlin

2. Auflage 1997, ISBN 3-502-51619-7
Copyright © 1968 by Ellery Queen
Alle deutschsprachigen Rechte beim Scherz Verlag,
Bern, München, Wien
Gesamtherstellung: Ebner Ulm

1

Richard war für San Juan oder St. Croix; doch Jessie wollte unbedingt zu den Niagarafällen. Jede Frau hätte ein Recht auf Flitterwochen in Niagara, erklärte sie kategorisch. Sie fuhren also zu den weltberühmten Wasserfällen. Richard war so verliebt, daß er seine Hochzeitsreise auch an den Nordpol gemacht hätte.

Ellery erhielt das Telgramm seines Vaters in einem Hotelzimmer in Istanbul und sank fassungslos aufs Bett. Er befand sich auf einer Reise um die Welt, um kriminalistische Leckerbissen zu sammeln. An die unerhörte Ankündigung seines Vaters jedoch konnte auch der tollste Kriminalfall nicht heranreichen. Sogleich begann er, an der geistigen Gesundheit seines Erzeugers zu zweifeln. Doch als er in New York war, stellte er fest, daß Jessie Sherwood nicht die späte Torheit eines alternden Mannes war, sondern eine lebhafte, wohlgerundete Frau von Ende Vierzig. Sie hatte eine junge Stimme und Augen, die Humor und zugleich innere Ausgeglichenheit verrieten. Einen Moment musterten sie einander, stellten fest, daß keiner etwas gegen den anderen einzuwenden hatte, und fielen einander in die Arme.

Das Paar wurde in Jessies kleiner Kirche in Greenwich Village getraut, und hinterher gab Ellery ihnen einen Empfang im *Algonquin*. Jessie trug ein Kleid aus irischer Spitze, das so veilchenblau war wie ihre Augen, und der Inspektor einen Smoking. Ellery war Trauzeuge. Der Geistliche sprach salbungsvoll von den Segnungen der Ehe »im Sommer des Lebens«, was Jessie sehr hübsch und passend fand, während ihr frischgebackener Gatte den Mann Gottes erbost anfunkelte. Der junge Geck konnte es sich leisten, so herablassend zu sein!

Die Hochzeitsreise war ein Erfolg. Die riesigen Wasserfälle bereiteten dem Paar ein wahrhaft tosendes Willkommen und hüllten es in ihren strahlendsten, aus tausend regenbogenfarbenen Tropfen gewebten Schleier. Und die alte Indianerin, die neben dem hohen Gitter hockte, verkaufte ihnen Kopfkissen, die mit Fichtennadeln gefüllt waren und das Schlafzimmer in köstliche Düfte hüllten.

Als sie erholt und ausgeruht von ihren Flitterwochen zurückkehrten, fuhren sie in die Queensche Wohnung. Jessie hatte ihr Apartment aufgegeben und die Möbel in einem Lager untergebracht.

»Zu Hause«, rief sie selig und eilte zum Fenster, um die frische Luft

hereinzulassen.
Richard Queen stellte die Koffer ab. »Ist es wirklich unser Zuhause?«
»Was soll denn das heißen, Richard?«
»Was soll aus Ellery werden?« Es kam sehr unbeholfen heraus.
»Was für eine Frage!« versetzte Jessie. »Er wird natürlich bei uns wohnen.«
»Vielleicht«, brummte der Inspektor. »Aber er wird sicher auch ein Wörtchen mitreden wollen.So ist er nun mal.« Damit widmete er sich der Post, die sich während seiner Abwesenheit aufgehäuft hatte. »Es wird sich schon finden.«
»Was soll sich denn da noch finden?« fragte Jessie. »Du hast deinen Sohn nicht verloren, sondern eine treue Ehefrau hinzugewonnen.«
»Das wird mir allmählich klar«, bestätigte der Inspektor lachend. »Na schön, lassen wir die Sache vorläufig ruhen.«
»Wieso vorläufig? Wo sollen wir heutzutage eine Wohnung finden, die wir uns leisten können? Selbst wenn ich wieder arbeite . . .«
»Wenn du was?«
»Wenn ich wieder arbeite.«
»Du bist wohl von allen guten Geistern verlassen! Ich will eine *Frau* keine Florence Nightingale. Mit meiner Pension und meinen Ersparnissen können wir anständig leben. Meinst du vielleicht, ich hätte dich geheiratet, um dann mit ansehen zu müssen, wie du Nachttöpfe ausleerst und hysterischen Weibern Beruhigungsspritzen gibst? Kommt nicht in Frage!«
»Wie du meinst, Richard«, sagte Jessie kleinlaut. Und ich werde doch arbeiten, dachte sie im stillen. Das Geld können wir gut brauchen. »Was ist denn los?«
Inspektor Queen starrte empört auf den Brief in seiner Hand.
»Der erste Brief an dich in diesem Haus, und er trägt noch deinen Mädchennamen.«
»Er wurde nachgeschickt. Sicher von irgendeiner wohltätigen Gesellschaft, die eine Spende haben will. Mein Name steht auf allen möglichen Listen.«
Es war kein Bittbrief. Jessie riß ungläubig die Augen auf. »So was Verrücktes!«
»Was ist es denn, Jessie?«
»Sieh dir das an!«

»Das«, so stellte sich heraus, war eine Hundertdollarnote.
»Und dies!«
»Dies« war die gezackte abgerissene Hälfte einer Tausenddollarnote.
Der Inspektor zog skeptisch die Brauen zusammen. Die Erfahrung hatte ihn gelehrt, daß mysteriöse Ereignisse, die mit unverdienten Geldgeschenken begannen, früher oder später eine unerfreuliche Wendung nahmen.
»Verstehst du, was das heißen soll, Richard?«
Er hielt die beiden Scheine gegen das Licht.
»Echt sind sie jedenfalls. Nein, woher soll ich wissen? Aber eine Erklärung muß es geben. Sieh doch mal in den Umschlag, Jessie. Da ist sicher ein Brief dabei.«
Jessie fand den Brief. Ihre Köpfe berührten sich, als sie sich darüber beugten. Es waren zwei Blätter schweres Büttenpapier, das in der rechten oberen Ecke die Gravierung eines goldenen Wappens trug. Es wäre recht eindrucksvoll gewesen, wenn das Papier nicht den vergilbten Schimmer besessen hätte, der vermuten ließ, daß es seit Jahren vergessen in einer Bodenkammer gelegen hatte. Der Brief war, ebenso wie die Adresse auf dem Umschlag mit Maschine geschrieben.
»Lies du vor, Jessie.« Die Lesebrille des Inspektors lag drüben neben dem alten Ledersessel. »Meine verflixten Augen machen nicht mehr mit.«
Jessies sanfte Stimme verlieh dem Inhalt des Schreibens eine weibliche Note, die sich mit dem Stil nicht ganz vertrug.

»Sehr verehrte Miss Sherwood«, stand auf dem Büttenpapier. »Gewiß werden Sie es seltsam finden, eine Einladung von einem Unbekannten zu erhalten. Ich darf Ihnen aber mein Wort darauf geben, daß dies alles in Ihrem eigenen Interesse geschieht. Ich erlaube mir hiermit, Sie in das Haus meiner Väter, *Broncehall,* einzuladen. Es liegt in der Nähe von Phillipskill im Staat New York. Die beigelegte Hundertdollarnote dient zur Deckung Ihrer Reisekosten. Die fehlende Hälfte der Eintausenddollarnote wird Ihnen bei Beendigung Ihres Besuchs überreicht werden. Nennen Sie es ein Andenken an ein für Sie gewiß unvergeßliches Erlebnis. Droschken sind sowohl am Bahnhof von Tarrytown als auch Phillipskill zu mieten. Phillipskill ist etwas näher. Falls Sie mit dem Auto kommen sollten, so biegen Sie von der alten Poststraße nach Albany bitte links ab, sobald Sie das *Old River Inn* passiert haben. Danach nehmen Sie die erste Abzweigung nach rechts, die durch ein Schild mit der Aufschrift Privatstraße gekennzeichnet ist. Das Haus ist auch auf dem Wasserweg zu erreichen, doch der alte Landungssteg ist seit Jahren nicht mehr benutzt worden, so daß ich für die Sicherheit nicht garantieren kann. Darf ich mit Ihrer baldigen Ankunft rechnen? Ein Antwortschreiben ist nicht nötig. Sollten Sie sich entschließen, meine Einladung auszuschlagen, so wird die halbierte Tausenddollarnote natürlich ohne jeden Nutzen für Sie sein. Auf jeden Fall aber darf ich Sie bitten, die einhundert Dollar zu behalten.

Mit den besten Empfehlungen
Ihr ergebener
Hendrik Bronx.«

Der Brief war in der zittrigen Handschrift eines alten Mannes unterzeichnet. Ein Herr alter Schule, dachte Jessie, nach dem Stil des Schreibens zu urteilen. Richard holte nun doch seine Brille, um sich den Brief selbst anzusehen.

»Ja, ein alter Knabe«, bestätigte er. »Ich nehme an, du kennst keinen Hendrik Bronx?«

»Nie von ihm gehört.«

Der Inspektor griff nach dem Telefon. »Velie?« sagte er, als die vertraute Baßstimme des Sergeanten in sein Ohr dröhnte. »Klar, wir sind wieder da. Ja, glänzend. Es geht ihr ausgezeichnet. Hören Sie, Velie – ja, werd' ich ausrichten. Erinnern Sie sich an das Geschäft in der Fifth Avenue – *Broncehall?* Was ist aus dem Laden geworden? Und ein Mann namens Hendrik Bronx? . . . Hendrik, ja. Na, Sie sind mir wirklich eine Riesenhilfe. Natürlich, sobald wir dazu kommen.« Er legte auf. Jessie sah ihn fragend an.

»*Broncehall* war früher ein exklusiver Juwelierladen in der Fifth Avenue. Man mußte schon ein Krösus sein, wenn man da was kaufen wollte, Jessie. Soweit ich mich erinnere, war das Geschäft auf Gold spezialisiert – goldenes Geschirr und ähnliche Dinge. Das Geschäft wurde vor Jahren geschlossen. Velie sagt, es hätte auch nie wieder aufgemacht. Jedenfalls nicht in New York.«

»Aber dem Brief nach klingt es doch, als wäre *Broncehall* ein Wohnhaus, Richard.«

»Nennt er es nicht das Haus seiner Väter? Wahrscheinlich heißt es so nach der alten Firma.«

Jessie rümpfte die Nase. »Ich weiß wirklich nicht, was ich tun soll, Richard.«
»Aber ich.«
»Was?«
»Schick das Geld zurück und vergiß die Geschichte.«
»Ist das dein Ernst?« Jessie war enttäuscht. Ihr ganzes Leben war im monotonen Gleichklang der Arbeit verlaufen: Nachtdienst, jammernde Frauen, männliche Patienten, die einen ins Hinterteil kniffen oder mit schmerzvoller Miene um Liebe und Mitleid flehten, und dazu das ewige Dreieckspiel zwischen Schwester, Arzt und Oberschwester. Ihrem Leben hatte die Würze des Unerwarteten gefehlt, und hier bot es sich plötzlich. Und da sollte sie es zurückweisen? »Oh, Richard«, hörte sie sich atemlos sagen, »laß mich doch hinfahren!«
Er war wunderbar. Unter seinen buschigen Brauen hervor sah er sie an. Dann schmolz die strenge Miene, und er nahm sie in die Arme.
»Du weißt doch, daß ich dir nichts abschlagen kann, Jessie. Aber zunächst wollen wir einmal sehen, ob wir nicht mehr erfahren können. Sollen wir diesen Hendrik Bronx nicht wenigstens anrufen, um festzustellen, ob er überhaupt zurechnungsfähig ist? Das kann man manchmal schon am Telefon herauskriegen. Ich rufe für dich an, wenn du willst.«
»Würdest du das wirklich tun?«
»Natürlich«, erwiderte er und griff wieder zum Telefon.
Doch die Auskunft vom Landkreis Westchester hatte einen Hendrix Bronx nicht eingetragen. Stirnrunzelnd setzte er den Apparat weg.
»Wenn das Geld nicht wäre, würde ich sagen, daß uns da jemand auf den Besen laden will, Jessie. Ich möchte dir den Wunsch ja nicht abschlagen, aber . . .«
So waren Männer eben, besonders frischgebackene Ehemänner. Jessie konnte das nicht aus der Ruhe bringen. Sie küßte Richard.
»Ich platze vor Neugier, Richard. Du vielleicht nicht?«
»Wenn du meinst, ich würde dich ganz allein losziehen lassen . . .«
»Nie! Oh, Richard, das alles klingt so abenteuerlich. Was für ein aufregender Start für eine Ehe!«
Wie recht sie hatte.

»DeWitt Alistair« klang wie ein erfundener Name aus einem drittklassigen Film; doch es war tatsächlich Alistairs echter Name. Er verwendete ihn allerdings nur, wenn das Opfer ganz besonders beeindruckt werden mußte. Wie sich die Dinge jedoch entwickelt hatten, wäre es besser gewesen, wenn er sich einen Namen aus der Bibel zugelegt hätte.

Und die Niederlage war um so schwerer zu schlucken, als Mrs. Alistair, die von Anfang an ihre Zweifel gehabt hatte, ihn nun stumm mit bissiger Verachtung strafte. DeWitt Alistair litt.

Kein Wunder, daß die eheliche Harmonie zu wünschen übrigließ, als das Paar das Foyer des heruntergekommenen Hotels im Westen New Yorks betrat. Der Fisch hatte angebissen, den Haken geschluckt und war dann fröhlich davongeschwommen, um sie wutentbrannt und mit leerem Geldbeutel zurückzulassen. Es galt jetzt, eine weniger erfahrene Forelle an die Angel zu bekommen und den richtigen Ort zu finden, um sie an Land zu ziehen. Sie schenkten dem eindrucksvollen Büttenumschlag in ihrem Fach nur flüchtige Aufmerksamkeit. Eindrucksvolle Briefumschläge beeindruckten sie nicht. Sie hatten selbst schon zu viele verschickt.

Beide waren tief in Gedanken versunken.

Oben, in dem schäbigen Zimmer, warf Alistair den Brief aufs Bett, ließ sich neben dem schmutzigen Fenster nieder und schlug die Zeitung auf, die er von einem Sessel im Foyer hatte mitgehen lassen. Er studierte die Rennergebnisse. Mrs. Alistair öffnete einen ihrer beiden Koffer. Sie nahm eine elektrische Kochplatte heraus, einen Teekessel, einen Löffel, zwei Plastiktassen und eine fast leere Büchse mit Pulverkaffee. Sie füllte den Kessel im Badezimmer, stellte ihn auf die inzwischen heiß gewordene Platte hinter dem Stuhl ihres Mannes und verschwand wieder im Badezimmer, um ihr Make-up aufzufrischen. Ihr Gesicht war von aristokratischer Unansehnlichkeit, gut erhalten und völlig leer. Für ihre Zwecke bestens geeignet. Als sie wieder ins Zimmer kam, pflanzte sie sich vor ihrem Mann auf und sah ihn an. Einen Moment später senkte er die Zeitung.

»Was siehst du mich so an?« Alistair besaß eine wohltönende Stimme mit leicht britischem Akzent, der unecht wirkte. Das war er auch; er war in Weehawken, New Jersey, aufgewachsen.

»Ach, nur so.« Die Ausdrucksweise Elizabeth Alistairs war ganz und gar ungekünstelt, um nicht zu sagen primitiv.

»Fängst du schon wieder an?«
»Hab' doch kein Wort gesagt.«
»Ach nein!«
»Na los? Was hab' ich denn gesagt?«
»Gleich geb' ich dir eine hinter die Ohren.«
Seine Frau war ungerührt. »Und was machen wir jetzt?«
»Das muß ich mir erst überlegen.«
»In den Rennberichten findest du die Erleuchtung bestimmt nicht.«
»Laß mich in Frieden.«
»Haben wir noch Geld?«
Achselzuckend wandte er sich wieder seiner Zeitung zu.
Mrs. Alistair gab Kaffee in die Tassen, goß Wasser dazu, rührte kurz um und stellte eine Tasse neben ihren Mann aufs Fensterbrett. Sie schien erschöpft. Soviel hatten sie schon seit Monaten nicht mehr miteinander gesprochen.
Sie sank aufs Bett und trank den schwarzen Kaffee, während sie in Gedanken versunken die Stirn krauste. Ihre Gedanken schienen nicht erfreulich; irgend jemandem würden sie zum Unheil gereichen.
Dann nahm sie plötzlich den Brief zur Hand und riß den Umschlag auf.
Alistair brummte mißmutig vor sich hin und blätterte um. Er hatte stechende kleine Augen. Es war nicht ratsam, ihm in einer nachtdunklen Straße zu begegnen. Und es war auch nicht empfehlenswert, mit ihm Karten zu spielen.
»DeWitt!«
»Was ist denn nun schon wieder?« Er warf einen Blick über den Zeitungsrand. Sie hielt eine Hundertdollarnote in der Hand und in der anderen einen Schein, der aussah wie eine halbe Tausenddollarnote. Rasch streckte er die Hand aus. Sie reichte ihm zwei Blätter vergilbtes Büttenpapier. Die Geldscheine behielt sie.
»Ich nehme den ganzen«, erklärte er. »Du kannst den halben behalten.«
Mrs. Alistair hatte für seine Kurzsichtigkeit nur ein Lächeln übrig. Sie reichte ihm die Hundertdollarnote und steckte den anderen Schein in den Ausschnitt ihres Kleides. Alistair hielt die Banknote gegen das Licht. Dann ließ er sie ohne Kommentar in seiner abgemagerten Brieftasche verschwinden und widmete sich dem Brief.

Als er die Lektüre beendet hatte, verstaute er das Schreiben in seiner Brusttasche.
»Was hältst du davon, Liz?«
»Na, sag's schon!«
»Ich bin mir nicht sicher.«
»Schon ein Fortschritt.«
»Wir haben nichts zu verlieren. Die andere Hälfte des Tausenders wäre nicht schlecht.«
»Ein Köder.«
»Was kann er aus uns schon herausholen? Also beißen wir an. Abgemacht?«
Sie zuckte die Achseln.
Elizabeth Alistair spülte die Tassen und die Löffel, trocknete sie und packte sie wieder in ihren Koffer. Ihr Mann setzte seinen Tirolerhut auf, schlüpfte in seinen anthrazitgrauen Mantel und nahm den größeren der beiden Koffer. Seine Frau holte ihren Luchsmantel aus dem Schrank, drückte mit Sorgfalt den Hut aus beigem Samt auf ihr gefärbtes Haar, nahm den kleineren Koffer und die gestohlene Zeitung ihres Mannes und schritt ihm voraus aus dem Zimmer.

Die Tatsache, daß Dr. Hubert Thornton von seinen Patienten »Doc« genannt wurde, während man seine Partner mit »Herr Doktor« anredete, sagte alles. Seine Partner erklärten, das wäre symptomatisch für seine Schwäche, und setzten ihm deshalb unablässig zu.
»Na schön, du bist eben der gütige alte Feld-Wald-und-Wiesenarzt«, pflegte der Herz-und-Lungen-Spezialist zu spotten, »aber du brauchst doch nicht so dick aufzutragen, Hube. Neben dir sehen wir ja wie hartherzige Geldmacher aus.«
»Das will ich ja gar nicht«, versicherte Thornton. »Aber so bin ich nun mal.«
»Die Anderson-Rechnung liegt jetzt zum Beispiel schon seit sieben Monaten da. Was ist denn an den Leuten so mitleiderregend? Oder hast du vielleicht ein Techtelmechtel mit Mrs. Anderson?«
Thornton lief rot an. »Mrs. Anderson hat einen Knick in der Gebärmutter und ein Magengeschwür«, versetzte er steif.
»Und keines ihrer Leiden hinderte sie daran, am letzten Samstag für ihre Party zwei Kisten Whisky zu kaufen. Wenn die gute Dame gleich kistenweise Alkohol kaufen kann, dann wird sie wohl auch ihre Arztrechnung bezahlen können. Du willst dir wohl als Albert

Schweitzer von South Cornwall einen Namen machen, was, Hube? Wer soll denn deine Rechnungen bezahlen?«
»Natürlich, ihr habt ja recht.« Damit zog Thornton seinen altmodischen Füllfederhalter heraus und stellte einen Scheck über den Betrag aus, den Mrs. Anderson ihnen schuldete.
Dies zeitigte verlegenes Schweigen.
»Da stehen wir mal wieder schön da«, stellte der Kinderarzt der Gruppe fest. »Du hast wirklich ein seltenes Talent, uns klein und häßlich zu machen. Steck dir deinen Scheck hinter den Spiegel, Hube!« Er zerriß das Papier. »Okay, Leute, dann warten wir eben noch ein Weilchen.«
Der Chirurg schüttelte den schmalen Ästhetenkopf. »Du hättest zur Wohlfahrt gehen sollen, Hube. Du machst mehr Nachtbesuche als wir anderen zusammengenommen.«
»Irgendeiner muß es ja tun«, erwiderte Thornton kleinlaut.
»Du bist im falschen Jahrhundert geboren. Du hast Tränensäcke unter den Augen wie ein alter Mann. Ozzie behauptet hartnäckig, du wirst noch lungenkrank. Und warum, zum Teufel, läßt du nicht endlich deine Brille reparieren? Du siehst ja aus wie einer aus dem Armenhaus. Einen neuen Anzug könntest du dir auch mal leisten.«
Sie zählten wieder einmal die ganze Litanei ihrer Beanstandungen auf.
Thornton ließ es schweigend über sich ergehen. Er hatte mehr als einmal den Versuch gemacht, sich zum Gemeinwohl der anderen aus der Gemeinschaft zurückzuziehen. Zu seiner Verwunderung jedoch hatten seine Partner sich diesen Bestrebungen stets mit wütender Erbitterung widersetzt.
Er war siebenundvierzig Jahre alt, dünn, mit ergrauendem Haar und einem verwilderten Schnurrbart, der tatsächlich ein wenig an Dr. Schweitzer erinnerte. Nahrung war ihm nur ein notwendiges Übel, doch einen Kognak vor dem Zubettgehen brauchte er zum seelischen Wohlergehen.
Die meisten Vorwürfe, die seine Kollegen vorbrachten, waren berechtigt, doch Thornton hatte sich daran gewöhnt, die Standpauken hinzunehmen und zu vergessen. Er stellte sich einfach taub.
»Hube?« Die Anrede brachte ihn in die Wirklichkeit zurück.
»Was ist?«
»Ich sagte«, erklärte der Kinderarzt, »daß das Mädchen da draußen mit der Watussifrisur eine Nervensäge ist. Sie hat mir schon zum

drittenmal in dieser Woche einen für dich bestimmten Brief in meinen Kasten gelegt.« Er warf seinem Kollegen einen schweren Umschlag zu. »Vielleicht zahlt endlich mal jemand freiwillig.«
Thornton öffnete den Umschlag, während das Gespräch seiner Kollegen sich dem Golfspiel zuwandte, und stieß einen erstickten Laut der Überraschung aus, als er sah, was der Umschlag enthielt.
»Guter Gott!« rief der Herz-und-Lungen-Spezialist. »Geld! Hube hat endlich einen ehrlichen Patienten erwischt.«
»Ehrlich! Daß ich nicht lache«, erklärte der Kinderarzt. »Ein Krösus ist er. Sag mal, ist das nicht eine Tausenddollarnote?«
»Ja, aber halbiert«, stellte der Chirurg fest. »Na, der Hunderter ist wenigstens in einem Stück.«
»Wo ist denn das?« Thornton blickte von dem Schreiben auf. »Ich meine, wo liegt Phillipskill?«
»Bei Tarrytown«, antwortete der Herz-und-Lungen-Spezialist. »Ein Hausbesuch? Den würd' ich für so ein Honorar auch machen.«
»Also so was ist mir doch noch nicht vorgekommen.« Thornton wackelte mit dem Kopf. »Da, seht euch das mal an.«
Die beiden Blätter wurden herumgereicht.
»Aber das Geld sieht echt aus«, meinte Thornton. »Ist der Mensch vielleicht verrückt?«
Die drei fortschrittlichen Kollegen wechselten Blicke. Der Chirurg erkor sich zum Sprecher. »Hube«, sagte er feierlich, »hier ist deine große Chance.«
»Chance? Wieso?«
»Die Chance, endlich mal aus der Tretmühle rauszukommen. Mann, nimm die Einladung an. Der Bursche ist wahrscheinlich ein exzentrischer Millionär, der den Jüngern des Äskulap mal was Gutes tun will. Na, wie ist es, Hube? Du wirst dich königlich amüsieren, paß mal auf.«
»Außerdem«, mischte sich der Kinderarzt ein, »kannst du Urlaub brauchen.«
»Aber ich kann doch nicht einfach verschwinden. Was soll denn aus meiner Praxis werden?«
»Wir besorgen schon einen Vertreter«, versicherte der Chirurg. »Und wenn's gar nicht anders geht, springen wir ein, Hube.«
»Und meine Patienten in der Klinik?«
»Die können wir auch verarzten.«

Fünfunddreißig Minuten später gab Hubert Thornton dem Drängen seiner Kollegen nach und faßte den Entschluß, die Einladung des geheimnisvollen Mr. Bronx anzunehmen.

Miss Openshaw fand das beinahe quadratische Kuvert in ihrem Briefkasten im Foyer und machte sich daran, die zwei Treppen zu ihrer jungfräulichen Wohnung zu erklimmen.
Tapfer wappnete sie sich gegen die Prüfung, die ihr heute wie jeden Morgen bevorstand: Sie mußte an der Wohnung Mr. Baileys vorüber. Dieser Mensch mit dem lüsternen Blick war gräßlich. Ihr gefror jedesmal das Blut in den Adern, wenn sie aus den Augenwinkeln heraus wahrnahm, wie die Tür der Junggesellenwohnung sich öffnete und die flammenden Blicke der braunen Augen sie buchstäblich zu verschlingen drohten.
Manchmal ging er sogar so weit, seine Tür ganz zu öffnen, so daß sie sich dem Anblick seiner tierisch-virilen Erscheinung nicht entziehen konnte. Es war einfach schamlos herausfordernd, wie er immer das Hemd über seiner behaarten Brust offen ließ! Und einmal hatte er es doch tatsächlich gewagt, sie anzusprechen. Ganz schlau hatte er es angefangen. »Guten Morgen, Miss Openshaw«, hatte er ganz naiv gesäuselt. Und sie war so perplex gewesen vom Klang dieser unbekannten tiefen Stimme, daß sie ihn in ihrer Verwirrung zu einer Tasse Tee in ihre Wohnung eingeladen hatte. In ihre Wohnung! Was war da nur über sie gekommen? Doch wie durch ein Wunder waren ihr die Konsequenzen der vorschnellen Einladung erspart geblieben. Der Mann hatte abgelehnt.
Miss Openshaw verlangsamte den Schritt, als sie sich Baileys Wohnung näherte und dann an der Tür vorüberging.Es war seltsam – es war, als wäre sie gelähmt, obwohl ihr das Herz bis zum Hals hämmerte und ihr Verstand sie zur Eile mahnte. Sie wollte sich nicht wieder dem ekelhaften Anblick seines affenartig behaarten Körpers aussetzen. Und dennoch war es, als wollten die Glieder ihr den Dienst versagen.
Glücklicherweise geschah nichts. Die Tür blieb geschlossen. Miss Openshaw stieg die nächste Treppe hinauf und erreichte aufatmend ihre Wohnung.
Cornelia Openshaw war neununddreißig Jahre alt und noch immer ungeküßt. Sie war nicht häßlich, doch sie wirkte, als wäre das Leben an ihr vorübergeeilt. Sie war stets kunstvoll geschminkt. Stunden

brachte sie vor ihrem Toilettentisch zu, auf dem sich im Lauf der Zeit ein ganzes Arsenal von Sälbchen und Elixieren angesammelt hatte. Stets machte sie Morgentoilette, bevor sie den täglichen Gang zum Briefkasten antrat.
Sie hastete in ihre Wohnung, sperrte die drei Schlösser ab, legte die Kette vor und zog die Jalousie herunter. Sie hatte eine panische Angst vor Fensterguckern.
Dann sank sie auf ihr Plüschsofa und sah die Post durch. Der Tee, den sie sich eingeschenkt hatte, bevor sie hinuntergegangen war, war kalt geworden. Sie erhob sich, um ihn aufzuwärmen. Die Post konnte warten. Sie erhielt niemals wichtige Briefe, abgesehen von den monatlichen Schecks aus dem Nachlaß, die ihr ein bescheidenes Leben der Muße erlaubten. Als der Tee heiß war, ließ sie sich wieder nieder, führte mit gespreizten Fingern die Tasse zum Mund und griff nach dem ersten Brief.
Es war ein schwerer Umschlag.
Bewundernd drehte sie das Kuvert aus elegantem Büttenpapier in ihren Händen. Wer hatte heute, im Zeitalter der billigen Massenproduktion, noch Sinn für solche Eleganz?
Als das Geld herausfiel, hielt sie den Atem an.
Gierig las sie den Brief.
Der Inhalt dämpfte sogleich ihren Überschwang. Wer war Hendrik Bronx? Das klang ausländisch, und Cornelia Openshaw hatte für Ausländer nichts übrig. Sie besaß außerdem ein gesundes Mißtrauen gegen Geschenke von unbekannter Hand. Natürlich, das Bonbon, mit dem man das arglose Kind verlockte! Der ritterliche Stil konnte Verstellung sein. Er lud sie an einen Ort ein, der wahrscheinlich einsam und abseits von jeder Zivilisation lag, meilenweit von einem Polizeirevier entfernt – in einem bewaldeten Gebiet womöglich, wo man ihre Leiche erst nach Jahren oder vielleicht niemals finden würde. Miss Openshaw war eine begeisterte Leserin von Kriminalromanen und Tatsachenberichten über berühmte Verbrechen. Sie verschlang jede Einzelheit mit süßem Schauder.
Es war das vernünftigste, Brief und Geld sofort zur Polizei zu bringen. Sie streckte die Hand nach dem Telefon aus.
Doch etwas hielt sie zurück – aufkeimende Neugier vielleicht, oder ein Körnchen gesunder Menschenverstand, der in ihrer Versponnenheit nur selten zum Durchbruch kam. Hundert Dollar! Und dazu die halbierte Eintausenddollarnote! Das ließ auf Wohlstand

schließen. Würde sich ein Mörder, ein Wüstling, der es auf ihre Unschuld abgesehen hatte, soviel Mühe machen? Das Bild eines ritterlichen alten Herrn, der in aristokratisch stolzer Haltung durch die hallenden Säle des Sitzes seiner Väter schritt, erstand vor ihrem inneren Auge.

Je länger Miss Openshaw über die Einladung von Hendrik Bronx nachdachte, desto ungefährlicher schien sie ihr.

Schließlich beschloß sie, das Abenteuer zu wagen. Allerdings wollte sie sich nicht des Leichtsinns zeihen lassen. Sie stand auf und setzte sich an ihren Schreibtisch. Zunächst schrieb sie einen Scheck für die nächste Miete aus, steckte ihn in einen Umschlag, adressierte und versiegelte das Kuvert und verstaute es, nachdem sie es mit einer Briefmarke versehen hatte, in ihrer Handtasche. Dann nahm sie ein Blatt ihres veilchenblauen, zart duftenden Briefpapiers zur Hand und zückte die Feder.

Zwanzig Minuten später überflog sie noch einmal das Geschriebene:

»Wenn ich bis zum Fälligkeitstag der nächsten Miete nicht zurück bin«, stand da, »so unterrichten Sie bitte unverzüglich das FBI. Cornelia Openshaw.«

Sie klebte das kurze Schreiben zusammen mit dem Brief von Hendrik Bronx an den vergoldeten Rahmen ihres Spiegels, packte ihre Reisetasche aus Krokodilleder, stopfte die beiden Geldscheine in ihre Handtasche und stürzte sich ins Abenteuer.

Keith Palmer ging es nicht anders als den meisten Kriegsheimkehrern. Er hatte seinen Platz im Privatleben noch nicht wiedergefunden. Er hatte seinen Militärdienst abgeleistet, und die Tatsache, daß er unversehrt zurückgekehrt war, erschien beinahe nebensächlich. Die Angst und das Entsetzen steckten ihm noch immer in den Knochen.

Zuerst hatte man ihn zum Küchendienst eingeteilt, sieben Kilometer von DaNang entfernt. Das war reines Kinderspiel gewesen. Der Feind hatte nur selten von sich hören lassen. Später jedoch, der Logik der Militärs entsprechend, hatte man ihm ein Maschinengewehr in die Hand gedrückt und ihn in einen Hubschrauber gesteckt. Ein Absturz war dem anderen gefolgt. Es war ihm beinahe logisch erschienen, denn er kam aus der Schrottbranche.

Nun, wenigstens hatte es ihn nicht erwischt. Einmal hatte er sich ei-

nen verstauchten Knöchel geholt, und ein andermal war er der einzig Überlebende gewesen und genau sechzehn Minuten nach dem Absturz von einer Rettungsmannschaft in Sicherheit gebracht worden. Das war alles. Vier junge Leute, mit denen er in Tennessee geschult worden war, lagen unter ihren Helmen begraben, einer war als Krüppel zurückgekehrt, und einer hatte sich, auf Urlaub in Hongkong, eine Geschlechtskrankheit geholt. Keith war gesund heimgekehrt. Sonst war ihm nichts geblieben. Wohl wartete Joanne auf ihn und Schmuli, wie Bill Perlberg den Kleinen nannte, doch das stand auf einem anderen Blatt.
Keith war entwurzelt. Nach dem Krieg, wo man täglich mit dem Tod auf du und du gestanden hatte, hatte das Schrottgeschäft jeglichen Reiz verloren. Und einen Ersatz gab es nicht. Er wechselte von einer Stellung zur anderen und hatte sich einmal sogar bei Nacht und Nebel davongemacht. Joanne hatte nach diesem Abenteuer erklärt, wenn das noch einmal vorkäme, würde sie mit Sammie auf Nimmerwiedersehen verschwinden. Ein trübes Leben. Was sollte er tun? Darüber zerbrach sich Keith den Kopf, als der Brief aus Phillipskill im Staat New York ankam.
Er rieb die knisternde Hundertdollarnote und die halbierte Tausenddollarnote ungläubig zwischen den Fingern, während er in dem kleinen Büro saß, über dessen Tür noch immer das Schild mit der Aufschrift *Palmer & Perlberg* hing. Keith war extra vorbeigekommen, weil er Bill Bronx' Brief zeigen wollte und weil es ein trister Morgen war und weil Joanne eine ihrer stumm vorwurfsvollen Launen hatte.
»Was hältst du davon, Bill?«
Bill verdaute das Gelesene auf die ihm eigene gründliche Art. »Klingt, als hätte der Kerl nicht alle Tassen im Schrank.«
»Das finde ich nicht«, versetzte Keith.
Sie waren beide fünfundzwanzig Jahre alt, hochgewachsen, kräftig gebaut: Verkörperungen des gutmütigen, anständigen amerikanischen jungen Mannes.
»Ich finde, es klingt eher wie ein Stück aus einem alten englischen Roman«, erklärte Keith.
Bill schüttelte den Kopf. »Die Engländer werfen nicht so mit ihren Moneten um sich. Das muß schon ein armer Irrer aus Amerika sein. Was willst du machen?«
»Was würdest du denn tun?«

»Weiß der Himmel. Klingt ja ganz spannend, aber ich hab' mit dem Geschäft genug zu tun. Hast du mit Joanne darüber gesprochen?«
»Nein.«
»Ihr scheint ja eine ideale Ehe zu führen. Ich würde es ruhig mal mit ihr besprechen.«
»Du bist ja auch nicht mit ihr verheiratet.«
»Ich bin, Gott sei Dank, überhaupt nicht verheiratet«, stellte Bill mit Nachdruck fest.
»Ich kann doch nicht einfach losziehen und einem Tausenddollarschein nachjagen, der dann womöglich noch falsch ist. Nach meiner letzten Eskapade kann ich mir das nicht leisten. Und Joanne verdient schließlich das Geld für unseren Unterhalt.«
»Du redest wie ein Schwächling.«
»Du kannst dich drauf verlassen, daß Joanne kurzen Prozeß macht, wenn ich noch einmal auf eigene Faust losziehe. Sie ist sowieso schon der Überzeugung, daß ich eine völlige Niete bin.«
»Dann hast du ja deine Antwort.«
»Aber kann ich es mir denn leisten, diese Gelegenheit ungenutzt zu lassen?« überlegte Keith laut. »Es klingt so vielversprechend.«
»Fragt sich nur, was dahintersteckt.«
»Ja. Aber das ist gerade so verlockend.«
»Mensch, Keith, entschließ dich!«
»Das versuche ich ja gerade«, entgegnete Keith Palmer wütend.

Lynn O'Neill wirkte gesund und lebensfroh, besonders wenn sie lachte. Ihr Anblick erweckte die Vorstellung langen ungebändigten Haares, das im Wind flatterte, die Vorstellung von schwerfällig über die Prärie rumpelnden Planwagen, von Gewehren, die über berockten Knien lagen, von ungezügelt dahinjagenden Pferden. Doch das alles war Illusion. Lynn war ein typisches Geschöpf der zweiten Hälfte des zwanzigsten Jahrhunderts. Das letztemal, als sie zu Pferd gesessen hatte, war sie abgeworfen worden und hatte sich drei Rippen gebrochen.
Sie lachte schallend, während sie den pompösen Umschlag aufriß; nicht über das Geld, das herausfiel – das entlockte ihr einen Aufschrei der Überraschung –, sondern über den wohlgemeinten und nicht ganz uneigennützigen Vorschlag von Harry, eine Lebensversicherung abzuschließen. Gewiß, eine Lebensversicherung war sehr vernünftig, aber doch nicht in ihrem Alter! Und wem hätte sie

das Geld überhaupt hinterlassen sollen? Dieser Harry war wirklich ein aufreizend langweiliger und dazu noch berechnender Bursche. Nie wieder würde sie sich mit ihm verabreden.
»He!« rief Harry. »Das ist echtes amerikanisches Geld, das Sie da so leichtsinnig herumwerfen.«
»Es fiel aus dem Umschlag«, erwiderte Lynn. »Würden Sie mich einen Moment entschuldigen? Ich öffne meine Post sonst nicht im Beisein von Gästen, aber der Brief hat mich doch neugierig gemacht.«
»Bitte lassen Sie sich ruhig Zeit«, versetzte Harry großmütig und reckte den dünnen Hals.
Lynn las Hendrik Bronx' Brief. Sie las ihn ein zweites Mal. Dann öffnete sie den Mund und sagte »Oh!« und noch einmal »oh!«
Und dann las sie ihn ein drittes Mal.
»Haben Sie geerbt?« erkundigte sich Harry.
»Nein, das nicht«, antwortete Lynn. »Das nicht. Lieber Himmel, ich weiß gar nicht, was ich tun soll.«
»Erlauben Sie«, sagte Harry und nahm ihr mit sanfter Gewalt den Bogen aus der Hand.
»Hören Sie mal!« rief Lynn empört. »Das ist mein Brief.«
»Ich würde Ihnen raten, das Geld zu behalten und den Brief wegzuwerfen. Die Versicherungsprämie käme übrigens auf . . .«
»Ein andermal«, unterbrach ihn Lynn und stand auf.
»Schön, schlafen Sie ruhig einmal eine Nacht darüber.«
Lynn öffnete stumm die Tür, noch immer zutiefst entrüstet über seine Aufdringlichkeit. Als Harry verschwunden war, setzte sie sich wieder und las den Brief zum viertenmal.
Sie war im ehemals Wilden Westen aufgewachsen und hatte hinreichend Erfahrung mit Männern. Sollte dieser Bronx unsaubere Absichten haben? Dem Brief nach mußte es sich um einen alten Mann handeln. Das sagte allerdings noch gar nichts. Andererseits schimmerte ein gewisser Sinn für Humor durch seinen altmodischen Stil hindurch, und das schien sich mit seniler Lüsternheit kaum zu vertragen. Vielleicht wurde es ein Riesenspaß.
Was für Lynn schließlich den Ausschlag gab, war die finanzielle Seite. Sie war zwar von Natur aus unbekümmert und neigte nicht zu übertriebener Sorge, doch der Magen verlangte schließlich auch sein Recht. Sie hatte soeben ihre Stellung verloren, da die Firma Arbeitskräfte einsparen mußte, und besaß nun nicht viel mehr als ein freundliches Schreiben des Bedauerns und ihren letzten Gehaltsscheck.

Die weite Reise nach Phillipskill wollte sie mit dem Überlandbus machen. Das war am billigsten. Für Flugzeug oder Zug würden die hundert Dollar kaum ausreichen.
Kurz entschlossen griff sie zum Telefon, ließ sich die Abfahrtszeiten durchsagen und machte sich daran, ihre Habseligkeiten zu packen.

2

Richard und Jessie Queen rollten in ihrem Mustang gemächlich durch die Landschaft. Sie hatten nicht die Autobahn genommen, sondern fuhren beschaulich auf der alten Landstraße dahin, die zur Tappan Zee Bridge führte.
Es war ein frischer klarer Tag, und der Inspektor gestand sich ein, daß auch ihn die Abenteuerlust gepackt hatte. Sie wurde nur durch die Tatsachen, die er in der Bibliothek in der 42. Straße und im Zeitungsarchiv zusammengetragen hatte, ein wenig gedämpft.
»Du denkst über irgend etwas nach«, stellte Jessie anklagend fest. »Was ist es?«
»Dieser Bronx . . .«
»Meinst du nicht, du könntest mir endlich anvertrauen, was du herausgefunden hast, Richard? Es ist doch immerhin *meine* Einladung.«
»Die Familie Bronx stammt ursprünglich aus Holland. Einer von ihnen, ich glaube, der Urgroßvater dieses gegenwärtigen Hendrik, heiratete eine Eurasierin.«
Jessie lehnte sich zurück und spitzte gespannt die Ohren. Die anfängliche Neugier, die die geheimnisvolle Einladung in ihr geweckt hatte, hatte sich inzwischen in Beruhigung gewandelt. Zum hundertsten Mal segnete sie im stillen den Tag, an dem sie diesem bewundernswerten Mann begegnet war. Wie hatte sie nur ohne ihn leben können?
»Weiter«, drängte sie.
Vor etwa hundertfünfzig Jahren, berichtete der bewundernswerte Mann, waren die Bronx nach Amerika ausgewandert und hatten es schon bald zu Wohlstand gebracht. Damals hatten sie den riesigen Landsitz gekauft, auf dem sie das Haus *Broncehall* errichtet hatten. Zuerst war es nur ein bescheidenes Wohnhaus gewesen, doch im

Lauf von drei Generationen hatte es sich zu einem wahrhaft herrschaftlichen Herrenhaus gemausert. Die Bronx waren eine Familie von Gold- und Silberschmieden gewesen. Und diese Tradition führten sie auch in ihrer neuen Heimat fort. Sie verarbeiteten natürlich auch Edelsteine, doch ihr Name war vor allem mit den unvergleichlichen Schöpfungen der Gold- und Silberschmiedekunst verbunden, die aus ihrer Werkstatt hervorgingen. Millionäre hatten in dem Geschäft in der Fifth Avenue Vermögen ausgegeben.
»Dann müssen diese Leute ja Multimillionäre sein«, rief Jessie erleichtert, als garantiere der Besitz von Millionen automatisch Rechtschaffenheit und Ehrfurcht vor dem Gesetz.
Der Mustang fuhr jetzt über die Brücke. Richard Queen nahm sich Zeit, um den Hudson in seiner ganzen Schönheit zu bewundern.
»Möglich«, meinte er. »Soviel Geld wird man nicht leicht los. Allerdings hatte ich den Eindruck, daß die Familie ziemlich heruntergekommen ist. Der letzte Bronx ist unser Hendrik. Er wohnt schon seit mehr als zehn Jahren ganz allein mit einem Faktotum da oben in seinem Schloß. Wie ein Eremit.«
»Nur mit einem Angestellten? Auf so einem Besitz?«
»So stand es jedenfalls in dem Bericht, den ich gefunden habe.«
»Wie alt ist er?«
»Wer, Bronx? Ungefähr sechsundsiebzig.«
»Und die beiden alten Knaben geistern ganz allein in dem Schloß herum?«
»Es kommt noch viel geisterhafter, Jessie. Einige Leute aus der Umgegend, die von einem Reporter interviewt wurden, behaupteten, daß selbst im Winter niemals Rauch aus den Kaminen des Hauses aufsteigt, daß aber der Kamin über der alten Werkstatt fast immer raucht.«
»Wie eine Geschichte aus dem Mittelalter«, meinte Jessie mit einem unsicheren Lächeln. »Er schreitet wahrscheinlich in einem pelzverbrämten Gewand durch die Hallen und trägt ein kleines Käppchen auf dem Hinterkopf.«
»Mir gefällt das alles, offen gestanden, gar nicht besonders«, erklärte Richard Queen mit seiner Amtsstimme. »Willst du wirklich hinfahren, Jessie?«
»Ein bißchen ungemütlich ist mir auch, Richard«, gestand Jessie mit einem kleinen Schaudern. »Aber jetzt sind wir schon auf dem Weg, da sollten wir wenigstens mal vorbeischauen. Wir können uns ja

dann immer noch höflich bedanken und wieder abfahren.«
Er nickte und bog auf die alte Poststraße nach Albany ab. Schweigend fuhren sie weiter.
»Da ist es«, rief Jessie plötzlich. »Das alte Gasthaus, Richard.«
Unversehens war hinter Bäumen und Hecken das *Old River Inn* aufgetaucht. Es war ein weitläufiges Gebäude aus verwittertem grauem Stein.
»Schrieb er nicht, wir sollten gleich nach dem Gasthaus links abbiegen?«
»Keine Ahnung. Sieh lieber noch einmal nach.«
Jessie zog den Brief heraus und nickte. »Erste Abzweigung links.«
Sie ließen die alte Poststraße rechts liegen und fuhren in eine verwilderte Landschaft ein, die vom Fortschritt unberührt schien. Die Teerdecke endete, die Straße wand sich in unberechenbaren Kurven, die tiefhängenden Zweige mächtiger alter Bäume versperrten ihnen die Sicht. Eine schwankende alte Holzbrücke führte über schwarzes Gewässer.
»Richard! Nach rechts jetzt. Da ist das Schild *Privatstraße.* Das stand doch in seinem Brief.«
Der Inspektor trat auf die Bremse und lenkte den Wagen fluchend in den kleinen Seitenweg. Mit jedem Meter wurde der Pfad schmäler, die Bäume schienen immer enger zusammenzurücken. Der Inspektor riß den Wagen um eine scharfe Kurve, und sie waren da. Vor ihnen erhob sich *Broncehall,* ein Symbol des alten Europa, das man in die amerikanische Landschaft verpflanzt hatte.
Wie Welpen, die die Hündin umdrängen, schmiegten sich mehrere Bauten um das alte Hauptgebäude. Das ursprüngliche Wohnhaus war flach und langgezogen. Seine Mauern waren aus rohem Stein. Das obere Stockwerk war mit Holzschindeln getäfelt. Aus dem hohen, steilen Mansardendach blickte schwarz und leer eine Reihe von Fenstern.
Um dieses Mutterhaus scharte sich eine Anzahl kleinerer Gebäude, ein jedes von ihnen ein Haus für sich, alle mit dem gleichen, seltsam gebrochen wirkenden Mansardendach, den Mauern aus unbehauenem Stein, den verwitterten Holzschindeln. Und von all diesen Gebäuden erhoben sich stolz und aufrecht, rund und eckig, hoch und niedrig, schlank und untersetzt unzählige Kamine. Es sah aus, als müßte jeder Raum im Haus seinen offenen Kamin haben.

Die breite Tür des Hauptgebäudes jedoch faszinierte sie am meisten. Sie war aus schwerer Bronze, über und über mit kunstvoll ausgearbeiteten Ornamenten verziert. Jessie fühlte sich an einen mittelalterlichen Gobelin erinnert.
Sie teilte dies eifrig ihrem Ehemann mit, doch der Inspektor ließ nur ein Grunzen hören. Der jahrelange Kampf mit dem Bösen hatte ihn gelehrt, daß man allem Absonderlichen, von der Norm Abweichenden argwöhnisch begegnen müsse. Die riesige Bronzetür stellte gewissermaßen den Höhepunkt all der Absonderlichkeiten dar, die einander seit Eintreffen des mysteriösen Schreibens gefolgt waren.
Das Haus wirkte wie ausgestorben.
»Weißt du, Richard«, meinte Jessie, »das muß früher einmal ein sehr schöner Besitz gewesen sein.«
»Ja, vor hundert Jahren vielleicht«, brummte der Inspektor.
Das ganze Anwesen sah heruntergekommen und vernachlässigt aus. Nur die Bronzetür leuchtete in stumpfem Glanz, als wäre sie am Morgen erst poliert worden.
Der Inspektor ergriff den überdimensionalen Türklopfer und ließ ihn gegen die Tür fallen. Während sie warteten, musterte er die Ornamente, die offensichtlich ein Künstler der Schmiedekunst in das Metall gegraben hatte. Es waren Darstellungen der Werkzeuge, die der Goldschmied bei seiner Arbeit verwendet.
Jessie interessierte sich im Augenblick weniger für die Wunderwerke der Goldschmiedekunst. Mit gemischten Gefühlen stand sie hinter ihrem Mann, auf alles gefaßt und doch hoffend, daß sich nichts ereignen möge, daß man nicht öffnen würde und sie erleichtert wieder abfahren könnten.
Ihre Hoffnung erfüllte sich nicht.
Die Tür sprang plötzlich auf, und *er* stand vor ihnen. Jessie hielt den Atem an. Ein riesenhafter Mann, der in seiner Unförmigkeit beinahe die ganze Breite der Türöffnung einnahm, musterte sie stumm. Er hätte vielleicht imposanter gewirkt, wenn nicht auf seinem aufgedunsenen Gesicht ein äußerst dümmlicher Ausdruck gelegen hätte.
Jessie wußte, daß der Mann krank war. Sie hatte in ihrer Laufbahn als Krankenschwester viele solche Patienten gesehen.
Er hatte eine sehr niedrige Stirn und kleine stumpfe Augen ohne Ausdruckskraft. Es lag an diesen Augen, stellte Jessie fest, daß er so

blöde wirkte. Über einem alten verschmutzten Anzug trug er eine gestreifte Schürze, die ihn als Hausdiener kennzeichnete.
Was Richard Queen von diesem Faktotum hielt, war nicht zu erraten. Doch Jessie, die sich in Sachen Richard Queen sehr rasch zu einer Expertin entwickelte, meinte, in seiner Stimme einen Unterton von »Ich hab's dir ja gesagt« zu hören, als er sprach.
»Wir sind die Queens.«
»Queens?« Seine Stimme klang wie das Quaken eines Frosches. Eine schmutzige Hand griff unter die Schürze und brachte ein Blatt Papier zum Vorschein.
»Hier steht kein Queen drauf.«
Er trat zurück und machte Anstalten, die Tür zuzuschlagen.
»Augenblick«, rief der Inspektor. »Das hatte ich vergessen. Sehen Sie unter Sherwood nach.«
»Sherwood?« Die stumpfen Augen richteten sich wieder auf das Papier. »Ja, Jessie Sherwood.«
Er wich zur Seite. Jessie und Richard traten über die Schwelle. Sogleich pflanzte sich der Mann in seiner ganzen Monstrosität vor Richard auf.
»Sie nicht. Nur die Frau.«
»Moment mal«, schaltete sich Jessie ein. »Mr. Bronx wußte offensichtlich nicht, daß ich geheiratet habe. Ohne meinen Mann gehe ich nirgends hin. Wenn Mr. Bronx mich einlädt, dann muß er auch meinen Mann einladen. Gehen Sie hinein und richten Sie ihm das aus.«
Die dicken Lippen verzogen sich nach unten. »Ich werde mich erkundigen«, erklärte er und schlug die Tür zu.
»Willst du wirklich hierbleiben, Jessie?« fragte Richard mit gefährlich milder Stimme.
»Aber Richard, der arme Kerl kann doch nichts dafür. Er ist so auf die Welt gekommen. Warten wir erst mal ab, wie sich Hendrik Bronx entpuppt.«
»Jeder, der so einen Burschen anheuert, muß ein ganz verschrobener alter Kauz sein. Du läßt dich da auf etwas ein, was du später bereuen wirst.«
»Richard, du hast mir versprochen . . .«
»Es kann sogar gefährlich werden. Das Monstrum da ist doppelt so schwer wie ich.«
»Er ist wahrscheinlich ein ganz harmloser Mensch. Im Krankenhaus

habe ich oft mit solchen Leuten zu tun gehabt. Sie sind sanft und friedlich.«
»Und intelligent?«
»Ja.«
»Aber der hier nicht. Solche Burschen sind unberechenbar.«
»Wie kann man nur so voreingenommen sein, Richard! Warten wir doch erst mal ab.«
Der Riese tauchte wieder auf. »Kommen Sie.«
»Alle beide?« Richard Queen war enttäuscht.
Der Mann nickte.
»Na, siehst du, Richard«, sagte Jessie. »Ich hätte ja Mr. Bronx auch gleich Bescheid geben können, daß du mitkommst. Das hätte sich gehört.«
Der Inspektor knurrte etwas Unverständliches, und dann folgten beide gehorsam dem Faktotum. Als sie die riesige Empfangshalle betraten, rissen sie verblüfft die Augen auf. Hier schien überhaupt alles, was nicht niet- und nagelfest war, aus Bronze zu sein. Alte Stücke aus der Kolonialzeit, die jetzt als Antiquität teuer verkauft wurden, waren bronziert worden. Die Feuerhaken des Kamins waren aus Bronze. Sogar die alten Bürsten und der Besen, die zur Reinigung des Kamins dienten, hatten Bronzegriffe.
Zu ihrer Linken konnten sie in ein Wohnzimmer blicken. Auch hier das gleiche Bild: der breite Sims über dem offenen Kamin aus Bronze, Bilderrahmen aus Bronze, Feuerhaken aus Bronze, Holzkisten mit Bronzebeschlägen. Es war erdrückend.
Bronx' Faktotum, der sich inzwischen als Hugo zu erkennen gegeben hatte, holte das Gepäck aus dem Mustang. Als er zurückkehrte, nickte er ihnen zu und ging ihnen zu einer breiten Treppe voraus. Das Geländer war natürlich aus Bronze. Auf die Stufen waren Trittplatten aus Bronze aufgeschraubt, die vom vielen Auf und Ab im Lauf der Jahre zerkratzt und unansehnlich geworden waren. Und die Familienporträts an der Wand hingen in reich verzierten Bronzerahmen.
Der Flur im oberen Stock war schmal und düster. Dunkle Seitengänge führten in die Nebengebäude. Sie folgten Hugo durch den Flur an offenen Türen vorbei und blickten in winzige Mansardenzimmer, die mit Möbeln und altem Zierat vollgestopft waren. Bronzene Türklinken, bronzene Kerzenhalter, Lampenständer, Betten, Leuchter, Uhrpendel schimmerten im Halbdunkel.

Schließlich stieß Hugo eine angelehnte Tür auf und bedeutete ihnen mit einer Kopfbewegung, ihm zu folgen. Sie betraten ein Miniaturwohnzimmer. Die Wände waren getäfelt – in Bronze. Die gleichen Ornamente, die sie unten an der Tür bewundert hatten, schmückten die Metalltäfelung. Die Möbel schienen aus der Zeit der Pilgerväter zu stammen.

Hugo öffnete die Tür zum Nebenraum und trat mit eingezogenem Kopf über die Schwelle. Er setzte ihr Gepäck nieder. Die Queens folgten ihm in ein Schlafzimmer, das bedrückend eng wirkte. Es war kaum Raum, einen Fuß vor den andern zu setzen. Man hätte meinen können, sich in einem Trödelladen zu befinden.

Die Bezüge der üppigen Federkissen auf dem bronzierten Bett wirkten schmuddelig. Das ganze Zimmer machte einen leicht angestaubten Eindruck; Jessie wurde von Minute zu Minute beklommener zumute. Nur durch die Ritzen der Holzläden stahlen sich ermutigend einige Sonnenstrahlen.

Zu Jessies Erleichterung hatte man in diesem Zimmer wenigstens elektrisches Licht, keine Petroleumlampen, wie sie sie in einigen der anderen Räume bemerkt hatte. Man würde also vor dem Schlafengehen zumindest lesen können. Doch als sie sich umsah, entdeckte sie, daß im ganzen Raum weder ein Buch noch eine Zeitung oder Illustrierte zu sehen war. Und sie hatten nicht daran gedacht, sich Lektüre mitzunehmen.

In einer Ecke des Zimmers stand eine Riesenbüchse mit Metallpoliermitteln. Daneben lagen mehrere schmutzige Tücher. Hugo war offenbar durch ihre Ankunft in der Arbeit unterbrochen worden.

»Sie müssen dieses Putzmittel doch gleich kistenweise kaufen, Hugo«, bemerkte Richard Queen mit bedrohlicher Gelassenheit. »Mr. Bronx hat offensichtlich eine Schwäche für Bronze.«

»Das«, erklärte Hugo stolz, »habe alles ich gemacht.«

»Sie?«

»Das meiste, Mr. Hendrik hat es mir beigebracht. Da unten, in der Werkstatt.«

»Allerhand«, stellte der Inspektor fest. »Okay. Wann bekommen wir Mr. Hendrik zu sehen?«

Hugo schüttelte den unförmigen Kopf. »Ich kann keine Fragen beantworten. Mr. Hendrik läßt Ihnen ausrichten, daß er Sie alle heute nachmittag willkommen heißen wird. Inzwischen können Sie auspacken und sich frischmachen.«

»Uns alle? Wen denn noch?«
»Alle Gäste. Sie waren die letzten.«
»Wie viele Gäste sind denn hier? Ich habe draußen gar keine Autos gesehen.«
»Die habe ich in die Remise gefahren. Ihren Wagen bringe ich auch weg. Schlüssel?« Er streckte die Bärenpranke aus.
Der Inspektor ignorierte ihn. Dann aber spürte er den Blick seiner Frau und reichte dem Faktotum wortlos den Wagenschlüssel. Hugo packte Poliertücher und Putzmittel und zog sich zurück.
Richard und Jessie Queen fochten ein stummes Duell der Blicke aus. Jessie versuchte es mit einem Ablenkungsmanöver. »Lieber Himmel, der Mensch braucht doch ein Badezimmer. Ich hoffe bloß, daß man hier nicht über den Hof zu einem Häuschen marschieren muß.« Sie öffnete die nächste Tür, die, das wußte sie ganz genau, in ein Badezimmer führte. Der Raum war überraschend groß, mit hoher gewölbter Decke. Die altmodische Badewanne mit den Klauenfüßen war natürlich bronziert. Sie ging hinein und schloß die Tür hinter sich.
Richard inspizierte inzwischen das Schlafzimmer. »Also weißt du, Jessie«, rief er, »je näher ich mir die Sache hier ansehe, desto weniger gefällt sie mir. Ich bin dafür, daß wir schnellstens verschwinden.«
»Ohne Mr. Bronx kennengelernt zu haben?« fragte Jessie empört durch die Tür. »Aber Richard!« Was Richard darauf zu erwidern hatte, wurde vom Rauschen der Spülung übertönt.
Als sie wieder herauskam, fand sie Richard in gebückter Haltung vor dem Bett. »Sieh dir das an«, murmelte er. »Die Beine sind am Boden festgeschraubt. Dieser Bronx hat wirklich nicht alle Tassen im Schrank.«
»Pst.« Sie legte den Finger an den Mund. »Weißt du«, fuhr sie dann fort, »wenn man bedenkt, wie alt dieses Haus sein muß, dann ist es erstaunlich, daß es noch in so gutem Zustand ist. Die Böden sind nicht schief. Die Wände und Decken scheinen ganz stabil . . . Aber es ist natürlich ein bißchen unheimlich.«
»Das kann man wohl sagen.«
Jessie setzte sich aufs Bett. Die alte Matratze sackte unter ihrem Gewicht in bedrohliche Tiefe, und gleichzeitig stieg eine feine Staubwolke auf. »Da können wir nicht schlafen, Richard. Mach mal die Fenster und die Läden auf! Ich will das Bettzeug ausschütteln. Und

dann . . . Was machst du denn?«
Er bemühte sich im Schweiße seines Angesichts, das Konterfei einer starräugigen Vorfahrin der Bronx' von der Wand zu nehmen. Es gelang ihm nicht. »Das Bild ist auch festgeschraubt!«
»Ich weiß, mein Schatz, ich weiß«, sagte Jessie im gleichen Ton, den sie früher den jungen Lernschwestern gegenüber angeschlagen hatte. Sie hatte es natürlich nicht gewußt, aber es galt, ihn zu beruhigen. Sie trieb ihn an, die Fenster zu öffnen, um ihn von seinen Gedanken an Hendrik Bronx abzulenken.
Doch das erste, was Richard erblickte, als er die Läden aufstieß, war der knallrote Mustang, der in der gähnenden Schwärze der Wagenremise verschwand. Am liebsten wäre er gleich hinuntergelaufen, in den Wagen gesprungen und abgefahren.
Worauf hatten sie sich da nur eingelassen?

3

Jessie hatte sich auf dem notdürftig gereinigten und gelüfteten Bett ausgestreckt, als ein Gongschlag wie Donner durchs Haus dröhnte. Sie hatte ihr Kleid abgelegt und war in einen Morgenrock geschlüpft. Richard blickte sie voller Bewunderung an, während sie mit geschlossenen Augen dalag. Als das Dröhnen des Gongschlags ihr Ohr traf, fuhr sie erschreckt hoch.
»Was war denn das?« rief sie.
»Ein Gong. Wahrscheinlich aus Bronze«, versetzte der Inspektor ironisch. »Das Zeichen zur Audienz bei seiner Tollität dem Bronzemillionär persönlich.«
»Bitte alle in den Salon«, brüllte Hugo draußen.
Als sie nach unten kamen, fanden sie sechs Menschen vor. Hugo war verschwunden.
Der Inspektor machte Bestandsaufnahme. Keiner der drei anwesenden Männer war alt genug, um Hendrik Bronx zu sein. Der eine, hochgewachsen und weltmännisch mit ungesund rotem Gesicht und kleinen starren Augen, wirkte wie ein rüstiger Sechziger. Doch Richard, dessen Beruf es gewesen war, Menschen einzuschätzen und zu katalogisieren, erkannte, daß der Mann wesentlich jünger war. Ein hartes, ungeregeltes Leben hatte dem Gesicht seine Spu-

ren aufgedrückt. Der zweite Mann unter den sechs Wartenden war ein magerer großer Mensch mit gebeugten Schultern und einem roten Schnauzbart. Er trug eine Hornbrille, deren einer Bügel mit Klebestreifen provisorisch befestigt war. Er war höchstens Mitte Fünfzig. Und der dritte männliche Gast, mit dem Körperbau eines Athleten, war allenfalls Ende Zwanzig.

Jessies Aufmerksamkeit galt mehr den Frauen. Die Frau, die in dem Sessel saß, hinter dem sich der rotgesichtige Weltmann aufgepflanzt hatte, war ihr auf den ersten Blick sofort unangenehm. Sie mußte etwa Mitte Vierzig sein, war schlank und elegant, wenn auch die Eleganz etwas abgegriffen wirkte. Ihr gefärbtes Haar war zu einer makellosen Frisur aufgetürmt, und auf ihrem Gesicht lag eiskalte Ruhe. Ganz intuitiv erfaßte Jessie, daß die beiden zusammengehörten. Sie waren ihr beide unsympathisch.

Die zweite Frau, Ende Dreißig, war so stark geschminkt, daß sie grotesk aussah. Der rasch abschätzende Blick, mit dem sie Richard streifte, als er eintrat, die verachtungsvolle Miene, mit der sie sich ebenso rasch wieder abwandte, trieb Jessie die Zornröte ins Gesicht. Sogleich widmete sich die aufgetakelte Fregatte wieder dem Zeitvertreib, der sie offenbar bis zum Eintreffen der Queens voll in Anspruch genommen hatte: Sie verschlang mit gierigen Blicken den jungen Athleten. Jessie ordnete sie in die Kategorie »verklemmtes Frauenzimmer, wahrscheinlich unverheiratet, zweifellos mannstoll« ein.

Das dritte weibliche Wesen war ein erfrischend natürliches junges Mädchen. Sie gefiel Jessie sofort. Sie hatte ein ansprechendes Gesicht, lebhafte braune Augen und volles kastanienfarbenes Haar. Der junge Mann in der Gruppe zeigte verstohlenes Interesse; und die Art, wie das Mädchen ihn ignorierte, verriet Jessie, daß sie sich dieses Interesses bewußt war und es ihr schmeichelte.

»Herzlich willkommen im Rätselklub«, sagte der junge Mann und kam ihnen mit ausgestreckter Hand entgegen. »Ich sah Sie beide von meinem Fenster aus vorfahren. Mein Name ist Keith Palmer.«

»Richard Queen«, versetzte der Inspektor und schüttelte dem jungen Palmer die Hand mit einer Herzlichkeit, die Jessie sagte, daß er die Prüfung bestanden hatte. »Meine Frau, Jessie.«

»Darf ich Sie mit Mr. und Mrs. Alistair bekannt machen?« Er wies auf die Frau mit dem gefrorenen Gesicht und den rotgesichtigen

Mann hinter ihr. »Miss Cornelia Openshaw« – das war das verklemmte Frauenzimmer, und natürlich unverheiratet, wie vermutet –, »Miss Lynn O'Neill« – das hübsche Mädchen mit dem frischen Gesicht –, »und Dr. Hubert Thornton« – der hochgewachsene Mann mit der zerbrochenen Brille. »Sie wissen wohl auch nicht zufällig, was hier gespielt wird?«
Der Inspektor schüttelte den Kopf. »Meine Frau bekam eine Einladung von diesem Mr. Bronx. Der Brief enthielt Geld und Anweisungen, wie das Haus zu finden ist. Mehr wissen wir nicht.«
»Genau wie wir«, ließ sich Lynn O'Neil vernehmen. »Wir haben unsere Briefe verglichen. Er hat an alle das gleiche geschrieben.«
»Kannten Sie einander schon, bevor Sie hierher kamen?« erkundigte sich Jessie.
Allgemeine Verneinung.
»Ich weiß gar nicht, warum ich überhaupt gekommen bin.« Dr. Thornton steckte sich an seinem Zigarettenstummel eine neue Zigarette an und schnippte den Stummel in den offenen Kamin. »Sieht mir alles nach einem ernsten Fall von Arterienverkalkung aus. Am gescheitesten wäre es, ich würde gleich wieder abfahren.«
»Das wäre dumm«, meinte Alistair. Sein Mund war zu einem breiten Lächeln verzogen, doch die kleinen Augen blickten hart und berechnend. »Da steckt doch anscheinend Geld dahinter. Geld kann jeder brauchen.«
Mrs. Alistair hüllte sich in eisiges Schweigen. Sie ist die gefährlichere von beiden, entschied der Inspektor. Sie ist nicht so überzeugt davon, daß es hier etwas zu holen gibt; doch wenn es der Fall sein sollte, wird sie rascher zugreifen als ihr Mann.
»Wissen Sie, ob sonst noch jemand erwartet wird?« fragte Queen.
»Hugo erklärt, das wären alle«, versetzte Palmer. »Wo bleibt dieser Bronx nur? Er will uns wohl erst schmoren lassen.«
»Ein alter Trick«, sagte Mrs. Alistair unvermittelt und preßte die schmalen Lippen zusammen, als hätte sie sich zu einer Indiskretion hinreißen lassen.
»Da ist Hugo«, rief Lynn O'Neill und neigte lauschend den Kopf. »Höchstens ein Elefant könnte lauter trampeln.«
»Ich bin gespannt, wie Mr. Bronx aussieht«, murmelte Miss Openshaw nachdenklich.
Alle Köpfe fuhren herum.
Hugo tauchte auf. An seinem Arm hing ein zusammengeschrumpf-

ter alter Mann mit dünnen Kinderärmchen und einem kleinen zerknitterten Gesicht. Hohe Backenknochen verliehen dem Gesicht einen orientalischen Zug. Der lange dünne Hals schien zu schwach, das Gewicht des Kopfes zu tragen. Der alte Mann stützte sich auf einen bronzierten Stock. Er trug eine Hausjacke aus verblichenem rotem Samt mit Brokataufschlägen. Um seinen Hals lag lässig drapiert ein breiter Schal, und seine Füße steckten in gestickten türkischen Pantoffeln mit aufgebogener Spitze.
Hendrik Bronx' Augen waren hinter einer dunklen Brille verborgen, deren geschwungenes Gestell besser zu einem sonnverbrannten Mädchen im Bikini gepaßt hätte.
»So, da wären wir«, zirpte Hendrik Bronx mit dünner Vogelstimme. »Sind alle da, Hugo?« Er schien durch die dunklen Gläser hindurch in die Runde zu spähen.
»Ja, Mr. Hendrik.«
»Gut, dann werde ich Sie jetzt alle namentlich aufrufen, meine Freunde! Mr. Alistair?«
»Hier«, rief Alistair folgsam.
»Nein, Mr. Alistair. Sprechen Sie etwas mehr. Wiederholen Sie Ihren Namen.«
»Mein Name ist DeWitt Alistair. Ist das so in Ordnung?«
Bronx nickte. »Wenn ich nicht irre, ist Ihre Gattin auch mitgekommen?«
»Mein Name ist Elizabeth Alistair«, meldete sich Mrs. Alistair. Sie musterte den alten Mann abschätzend.
»Dr. Thornton?«
»Ich bin Hubert Thornton«, sagte der Mann mit dem roten Schnauzbart. Sein Gesicht drückte Neugier und Verwunderung aus. Es war die Verwunderung des Klinikers, der sich einem unbekannten Phänomen gegenübersieht.
»Miss Cornelia Openshaw? Mr. Keith Palmer? Miss Lynn O'Neill? Miss Jessie Sherwood? Oh, entschuldigen Sie, Mrs. Queen natürlich. Und Mr. Queen?«
Einer nach dem anderen bestätigte gehorsam seine Anwesenheit.
»Gut, gut«, zirpte der alte Mann. »Alle sind erschienen. Sie konnten nicht widerstehen, wie? Nun, Sie werden gleich erfahren, worum es geht. Es war gar nicht meine Absicht, ein Geheimnis aus der Sache zu machen.« Er lachte dünn und zittrig. Wie ein Spatz, fand Jessie. Wie ein boshafter Spatz.

»Hugo, du Trottel, soll ich den Rest des Tages hier herumstehen? Wo ist mein Sessel?«
Hugo eilte zum Kamin, packte mit einer Hand einen alten Ohrensessel und schwang ihn hinüber zu seinem Herrn und Meister. Unmittelbar hinter dem alten Mann stellte er ihn ab. Hendrik Bronx ließ sich behutsam auf dem Rand nieder, den Bronzestock zwischen die Knie geklemmt. Von diesem Platz aus hatte er sie alle im Auge; doch er schien ins Feuer zu starren. Seine Gäste schienen ihn nicht zu interessieren. Er bewegte nicht einmal den Kopf, wenn jemand sprach.
»Es ist alles sehr einfach«, begann er. »Ich bin der letzte lebende Sproß der alten Familie Bronx. Ich habe keine Erben. Ich bin alt, krank und wohlhabend. Ich nenne ein Vermögen von sechs Millionen Dollar mein eigen. Und ich hätte noch viel mehr«, setzte er in erbostem Ton hinzu, »wenn sich nicht der Staat jedes Jahr ein großes Stück vom Kuchen abschneiden würde, um es unter dem Mantel der Nächstenliebe an Nichtsnutze und Tagediebe zu verteilen. Aber mein Erbe soll das Finanzamt nicht antreten.«
Hugo stand in Habachtstellung hinter dem Sessel. Alle schwiegen. Die Neuigkeit von den sechs Millionen wollte verdaut werden. Auf Keith Palmers Gesicht malte sich Ungläubigkeit. Dr. Thornton blickte nachdenklich drein, Miss Openshaw entzückt. Lynn O'Neill schien perplex. Nur die Alistairs bewahrten ihren Ausdruck kühler Hochnäsigkeit, als wollten sie prüfen, aus welcher Richtung der Wind nun eigentlich blies.
»Und deshalb«, fuhr Hendrik Bronx fort, »habe ich Sie ausgewählt, mein Erbe anzutreten. Sie, Mrs. Alistair und Sie, Mr. Queen, sind nur als Begleiter Ihrer Ehegatten erschienen. Ursprünglich hatte ich vor, neun Menschen zu meinen Erben zu machen. Zwei, so stellte sich heraus, sind inzwischen verstorben. Und der dritte, ein gewisser Harding Boyle, konnte nicht gefunden werden. Können Sie mir folgen?« Er neigte den Vogelkopf ein wenig zur Seite. Allgemeines Stimmengemurmel antwortete ihm. »Und warum habe ich unter zweihundert Millionen Menschen gerade Sie ausgewählt? Eine interessante Frage, nicht wahr? Sie haben sie sich gewiß selbst schon gestellt. Ich will sie Ihnen beantworten. Jeder unter Ihnen, liebe Freunde, ist der Sohn oder die Tochter eines Menschen, der mir in einer kritischen Phase meines Lebens eine helfende Hand reichte. Und doch hat keiner von Ihnen je von mir gehört, nicht wahr? Bitte

melden Sie sich, wenn dem nicht so ist.«
Niemand meldete sich. Sie waren wie Kinder, die vor dem Weihnachtsmann standen und nicht zu atmen wagten. Die Szene war phantastisch. Dort saß dieser gebrechliche, greisenhafte kleine Mann mit dem rätselhaften Gesicht des Asiaten und hielt sie in Bann wie ein Regisseur seine Schauspieler. Das Feuer in dem großen Kamin flackerte und brach sich mit stumpfem Glanz in den Bronzebeschlägen der Wände.
Der alte Hendrik legte ihr Schweigen offenbar als Zustimmung aus. »Ich gehe wohl richtig in der Annahme, daß alle Ihre Eltern tot sind, nicht wahr? So zumindest lauteten meine Informationen. Sonst hätte ich nämlich nicht Sie eingeladen, sondern die Menschen, die mir damals geholfen haben.«
»Mr. Bronx«, warf Alistair unvermittelt ein.
»Das ist wohl Mr. Alistair«, meinte der alte Mann und starrte unverwandt ins Feuer. Und endlich gingen dem Inspektor die Augen auf: Hendrik Bronx war blind. Er hätte es gleich merken müssen – an dem Stock, an der dunklen Brille, an dem Versuch des alten Mannes, sich die Stimmen seiner Gäste einzuprägen. »Ja, Mr. Alistair?«
»Sie erklärten, Sie hätten uns sechs ausgewählt, Ihr Erbe anzutreten. Was wollen Sie damit sagen?«
»Ist das nicht klar? Sie alle, oder einige unter Ihnen, werden nach meinem Tod in den Genuß meines Vermögens kommen. Ich habe mich noch nicht entschieden, ob ich mein Geld einem einzigen unter Ihnen hinterlassen werde oder vielleicht zweien von Ihnen oder vielleicht allen, sechsen zu gleichen Teilen. Das kommt ganz darauf an.«
»Worauf, Mr. Bronx?« erkundigte sich Cornelia Openshaw argwöhnisch.
»Auf Sie selbst, Miss Openshaw. Und ich warne Sie – ich lasse mich nicht leicht täuschen.« Er schwang spielerisch seinen bronzierten Stock, der im Schein der Flammen aufblitzte wie ein Schwert. »Da keiner von Ihnen mich kennt, will ich Ihnen erzählen, wie es zu meiner Bekanntschaft mit Ihren Eltern kam.« Er wies mit dem Stock in Jessies Richtung. »Zuerst Sie, Jessie Sherwood – bitte um Entschuldigung, Mrs. Queen natürlich. Ihr Vater war Arzt. Dr. Sherwood rettete mir das Leben, als ich schwerkrank darniederlag. Das habe ich nie vergessen.«

Jessie blickte verblüfft auf. Sie wollte etwas erwidern, doch der Druck von Richards Hand auf ihrer Schulter mahnte sie zum Schweigen.

»In Ihrem Fall, Dr. Thornton, habe ich Ihrer Mutter zu danken. Als ich in meinem Leben einen seelischen Tiefpunkt erreicht hatte, half sie mir wieder auf die Beine und stellte mein Selbstvertrauen wieder her. Wenn Sie auch nur im entferntesten Ihrer Mutter nachgeraten sind, Dr. Thornton, können Sie sich schon jetzt glücklich schätzen.« Er schwieg kurz. »Mr. Alistair« fuhr er dann fort, »Ihnen kann ich erzählen, daß Ihr Vater hochherzig genug war, mir unter die Arme zu greifen, als ich tief in finanziellen Schwierigkeiten steckte und jeder andere mir seine Hilfe versagte. Ihr Vater rettete mich vor dem Ruin. Natürlich zahlte ich meine Schuld später zurück, doch ich werde nie vergessen, daß er der einzige war, der mir zu Hilfe kam, als alle anderen mich abwiesen.«

Der Schwindler schien zutiefst erstaunt. Inspektor Queen war kaum weniger überrascht.

»Miss O'Neill«, wandte sich der alte Mann an das hübsche Mädchen, »auch Ihrem Vater habe ich zu danken. Ich lebte einige Jahre im Westen und wurde damals des Pferdediebstahls beschuldigt. Der Sheriff rettete mich vor der Lynchjustiz der wütenden Bürger. Er sorgte dafür, daß mir eine gerechte Verhandlung zuteil wurde, und trat vor Gericht für mich ein. Ich wurde freigesprochen. Dieser Sheriff, Miss O'Neill, war Ihr Vater.«

Lynn runzelte die Stirn, doch sie schwieg.

»Keith Palmer.« Der alte Mann zögerte. »Nein, es ist wohl am besten, wenn ich nicht ins einzelne gehe. Ich darf Ihnen nur sagen, daß mir die Freundschaft mit Ihrer Mutter sehr viel bedeutet hat. Lassen wir es dabei bewenden.«

Der Inspektor lächelte verstohlen. Es kostete den jungen Palmer offensichtlich einige Anstrengung, sich den verwelkten alten Mann als feurigen jungen Liebhaber vorzustellen.

»Und nun zu Ihnen, Miss Openshaw.«

»Ja? Ja?« Miss Openshaw starrte den alten Mann mit aufgerissenem Mund an.

»Als ich noch ein junger Mann war, machte ich eine Periode tiefster Depressionen durch. Das ging so weit, daß ich mit dem Gedanken an Selbstmord spielte. Ihre Eltern bewahrten mich davor. Solche Menschen vergißt man nicht.«

Miss Openshaw sandte einen verklärten Blick zum Himmel. »Ich hatte einen wunderbaren Vater«, murmelte sie.
Hendrik Bronx nickte. Sie warteten. Schließlich begann er wieder zu sprechen. »Das also sind die verschiedenen Gründe für die Einladung.«
»Wie lange wollen Sie uns hierbehalten, Mr. Bronx?« erkundigte sich Alistair.
»Bis ich mir eine Meinung über Sie gebildet habe. Eine Probezeit, könnte man sagen. Ich werde Sie alle im Auge behalten. Sie können selbstverständlich jederzeit abfahren, und Sie werden auf jeden Fall die andere Hälfte Ihrer Tausenddollarnote bekommen. Ich möchte jedoch darauf hinweisen, daß Sie als Erbe nicht in Frage kommen, wenn Sie abreisen, ehe ich eine endgültige Entscheidung getroffen habe. Ein Spiel, bei dem es um wenigstens ein Sechstel von sechs Millionen geht sollte doch wohl den Einsatz von einigen Wochen wert sein.«
»Und wenn Sie Ihren Entschluß gefaßt haben?« fragte Elizabeth Alistair.
»Dann, Mrs. Alistair, werde ich mein Testament aufsetzen. In der Zwischenzeit werden wir uns bemühen, es Ihnen hier so bequem wie möglich zu machen, meine Freunde. Ich habe mehrere Aushilfskräfte engagiert, und Hugo wird die Küche übernehmen ... Los, los«, zirpte Hendrik Bronx, »hilf mir auf, Hugo. Dieses viele Sprechen hat mich angestrengt. Los, du Troltel, Hörst du nicht?«
Er wandte sich im Sessel um und schlug mit dem Stock nach seinem Diener. Hugo zuckte nicht einmal mit der Wimper. Er hievte den Alten behutsam aus dem Sessel und führte ihn tapsig wie ein Riesenbernhardiner aus dem Salon.

Die Fleischbrühe war fast kalt, das Schweinekotelett nicht durchgebraten und das Gemüse salzlos und verwässert.
»Wenn das ein typisches Beispiel für Hugos Kochkunst ist«, meinte der Inspektor übellaunig, als er und Jessie sich auf ihr Zimmer zurückgezogen hatten, »dann werden wir an Darmverschlingung zugrunde gehen, noch ehe der alte Knacker seinen Entschluß gefaßt hat.«
»Richard!« sagte Jessie. Ihr Ton klang so unglücklich, daß er sich besorgt umdrehte. »Ich muß dir etwas gestehen.«
»Ich wußte es ja«, rief er. »Ich wußte es gleich, als er mit dir

sprach.«
»Und ich weiß überhaupt nicht, was ich von dem allen halten soll. Es stimmt nicht.«
»Was stimmt nicht?«
»Mein Vater war nicht Arzt, Richard. Er war sein Leben lang Postbeamter. Ich wollte das Mr. Bronx sagen, aber du hast mich daran gehindert.«
»Eine Verwechslung«, murmelte er. »Man hat die falsche Jessie Sherwood erwischt. Der Name ist ja nicht ungewöhnlich. Ich frage mich . . .«
»Was, Richard?«
» . . .ob du die einzige bist.«
»Du meinst, bei den anderen könnten auch Verwechslungen vorgekommen sein?«
»Warum nicht? Nach deinem Fall zu urteilen, hat sich nie jemand die Mühe gemacht, die Leute zu befragen, die ausfindig gemacht wurden. Scheint eine eilige Sache gewesen zu sein. Und Bronx' Beauftragter war offenbar nicht sehr gewissenhaft. Woher soll der alte Mann denn wissen, was richtig ist und was nicht. Die Sache wird allmählich interessant.«
»Ach, du und deine Spürnase«, schimpfte Jessie. »Sag lieber, was ich tun soll? Jetzt ist nämlich die Geschichte restlos verfahren. Ich werde Mr. Bronx sagen müssen, daß ich nicht die Jessie Sherwood bin, für die er mich hält.«
»Ja, natürlich«, stimmte der Inspektor zu. »Aber das muß ja nicht gleich sein, oder?«
»Du meinst, wir sollen einfach hierbleiben, obwohl . . .«
»An dieser Sache stimmt was nicht, Jessie. Und ich möchte wissen, was da wirklich dahintersteckt.«
»Ich versteh' dich einfach nicht. Erst wolltest du überhaupt nicht herkommen und hast mir dauernd in den Ohren gelegen, daß wir wieder abfahren sollen. Und jetzt, da ich weg will, weil wir gar kein Recht haben, hierzubleiben, willst du partout bleiben.«
»Darf man denn nicht hin und wieder seine Meinung ändern? Jessie, du siehst todmüde aus. Marsch ins Bett!«
»Und was hast du vor?«
Der Inspektor glich plötzlich bemerkenswert seinem unzugänglichen Sohn. »Ich werde nachdenken.«
Jessie segelte ins Badezimmer.

Richard Queen benutzte die Gelegenheit, die Tür zu verriegeln.

Die Atmosphäre in dem winzigen Schlafzimmer war beengend. Das Bett war viel zu weich. Der Schlaf ließ lange auf sich warten. Und als sich das Grau des Morgens durch die Ritzen der Läden stahl, waren sowohl Jessie als auch Richard Queen längst wieder wach. Jeder gab vor zu schlafen, um den anderen nicht zu stören, obwohl eine Störung eine Erleichterung gewesen wäre.

Sie waren beide schon auf den Beinen, als zwei Stunden später das Echo des ersten Schreis verhallte. Dem Schrei folgten gedämpfte Rufe und das Poltern schwerer Füße. Ein zweiter Schrei schrillte, und danach dröhnte ein dumpfer Stoß durch das Haus.

»Ich wußte es.« Richard packte seinen Morgenrock. »Jessie, sperr hinter mir die Tür ab.«

»Allein bleib ich hier nicht«, protestierte Jessie energisch. »Ich komme mit.«

Er trat als erster in den Flur. Aus offenen Türen spähten neugierige Gesichter. Dann sah er Hugo, der wie ein waidwunder Stier durch den Gang torkelte und immer wieder das gleiche schrie: »Er ist tot. Er ist tot, Hilfe! Hilfe!«

Mrs. Openshaw lag in einem durchsichtigen Nachtgewand aus schwarzer Spitze auf der Schwelle zu ihrem Zimmer. Ihre Augen waren geschlossen. Das Haarnetz, das ihre Lockenpracht über Nacht instand gehalten hatte, war halb über das Gesicht gerutscht. Der jungfräuliche, aber nicht mehr junge Busen war teilweise entblößt. Der junge Palmer, glücklicherweise in einem undurchsichtigen Schlafanzug, kniete neben ihr und klatschte ihr mit einer Hand auf die Wangen, während er mit der anderen Hugo aufzuhalten versuchte, der blind vor Schmerz durch den Gang stürmte.

Offenbar war es Hendrik Bronx, der tot sein sollte. Der Inspektor, der Hugo mit der Tapferkeit des Entschlossenen aufgehalten hatte, konnte immerhin soviel von dem Hausdiener erfahren.

»Wo ist der Arzt?« brüllte Richard Queen.

Dr. Thornton tauchte aus einem der Nebenkorridore auf. Er hatte einen Mantel über sein Nachthemd geworfen und blickte mit wilden Augen um sich.

»Was ist denn los, um Gottes willen?«

»Hugo hier behauptet, Mr. Bronx wäre tot. Kommen Sie mit.« Der Inspektor blieb abrupt stehen, »Wohin eigentlich?« fragte er. »Ich weiß

ja gar nicht, wo sein Schlafzimmer ist. Hugo, wo ist das Zimmer von Mr. Bronx?«
Hugo starrte ihn blöde an.
»Ich weiß, wo es ist.« DeWitt Alistair eilte ihnen voraus. Kurz vor dem Treppenabsatz blieb er vor einer Tür stehen. »Da drin.« Er machte keine Anstalten, hineinzugehen.
Mrs. Alistair hielt sich im Hintergrund, lauernd wie eine Katze, Lynn O'Neill und Jessie halfen Cornelia Openshaw auf die dicken Beine. Keith Palmer rannte dem Inspektor und Dr. Thornton nach, um festzustellen, was es zu sehen gab.
Sie öffneten die Tür und beugten sich über den alten Mann auf dem Bett. Sein Kopf lag auf einem blutverschmierten Kissen. Die eingesunkenen Augen waren geschlossen. Das Gesicht aschfahl. Dr. Thornton ergriff die schlaffe Hand und fühlte nach dem Puls.
»Er ist tot! Er ist tot!« jaulte Hugo von der Tür her.
Der Arzt blickte auf. »Unsinn«, sagte er scharf. »Der Puls ist gut.« Sein Blick richtete sich mit sachlichem Interesse auf den noch immer blutenden Kopf. »Kann mir mal jemand meinen Koffer aus der Garage holen? Er liegt auf dem Rücksitz.«
»Ich hole ihn«, erklärte der junge Palmer hastig.
»Und ich brauche heißes Wasser.«
»Besorgen Sie das Wasser«, wandte sich Jessie an Lynn O'Neill. »Ich kann Dr. Thornton zur Hand gehen.« Sie betrat das Zimmer. »Ich bin staatlich geprüfte Krankenschwester, Doktor«, teilte sie dem Arzt mit.
Richard machte inzwischen Inspektion.
Das Zimmer ähnelte in jeder Hinsicht dem Raum, den man ihnen zugeteilt hatte. Uralte Möbel, steiflehnige Stühle und überall Bronze. Doch Richard kümmerte sich nicht um die Einrichtung. Ihm ging es um eine Prüfung anderer Art.
Als Palmer mit dem schwarzen Köfferchen zurückkehrte, untersuchte der Arzt behutsam den Kopf des alten Mannes. Jessie nahm den Koffer und begann verschiedene Instrumente herauszuholen. Schweigend arbeiteten der Arzt und die Krankenschwester Hand in Hand.
Dann erschien Lynn O'Neill mit einem Kessel kochenden Wassers. Jessie nahm ihn ihr ab. Ihr Blick fiel auf ihren Mann. »Was machst du denn da, Richard?«
Der Inspektor lag auf den Knien und hob mit vorsichtiger Hand ei-

nen Zipfel der Bettdecke an. »Da haben wir die Waffe.« Er wies auf einen langen Schürhaken aus Bronze, der halb versteckt unter dem Bett lag. Die Spitze leuchtete rot. »Mr. Bronx wurde wahrscheinlich im Schlaf auf den Kopf geschlagen. Wie viele Verletzungen haben Sie gefunden, Doktor?«
»Drei. Das Kissen muß die Schläge abgefangen haben. Sonst wäre er jetzt nicht mehr am Leben. Auf den ersten Blick sah es schlimmer aus, als es ist.«
»Schädelbruch?«
»Nicht die Spur. Der alte Knabe wird gleich zu sich kommen. Entweder besitzt er die Konstitution eines Ochsen, oder er hatte einen Schutzengel.«
Die Lider der blinden Augen begannen zu flattern.
»Daß mir niemand den Feuerhaken anfaßt. – Hugo, erzählen Sie mal, was eigentlich geschehen ist.« Der Inspektor mußte sein Verlangen wiederholen. Hugo zitterte wie Espenlaub.
»Ich bringe Mr. Hendrik jeden Morgen das Frühstück ans Bett. Ich fand ihn da, ganz voll Blut und dachte – er sah so aus . . .«
Der Inspektor nickte, »Wo ist das Telefon?«
»Wir haben keins. Mr. Hendrik mag die Dinger nicht.«
»Kann ich mir vorstellen.« Der Inspektor steuerte auf die Tür zu.
»Wozu brauchst du ein Telefon, Richard?« Jessie tupfte das Blut vom Gesicht des alten Mannes, während Dr. Thornton den Kopf bandagierte.
»Ich will einen Anruf machen.« Er schüttelte den Kopf, und sie nickte verstehend. »Paß auf, daß hier niemand etwas anfaßt.« Er ging hinaus und schloß die Tür hinter sich. Auf die Fragen der anderen antwortete er nur: »Er ist nicht tot. Ein Unfall.« Eilig schritt er in sein Schlafzimmer und zog sich an. Dann rannte er hinunter zur Remise, holte seinen Mustang und fuhr den Weg zurück, den sie am Vortag gekommen waren. Vor dem *Old River Inn* hielt er an. Das alte Gasthaus war noch nicht geöffnet, doch neben dem Haus entdeckte er eine Telefonzelle.
Er rief die Polizei in Phillipskill an. »Ich möchte einen tätlichen Überfall melden«, sagte er, als die Verbindung hergestellt war. »Auf Mr. Hendrik Bronx.« Dann gab er seinen Namen an und legte auf. Mit grimmigem Gesicht bestieg er wieder seinen Wagen und fuhr zurück nach *Broncehall.*

Es war kaum zu glauben, doch der alte Mann saß aufrecht im Bett, als Queen das Zimmer betrat. Er hatte auch seine dunkle Brille wieder aufgesetzt. Gebieterisch verlangte er nach seinem Frühstück. Auf Dr. Thorntons wohlgemeinten Rat, sich im nächsten Krankenhaus röntgen zu lassen, hatte er nur ein kategorisches »Nein« zur Antwort.

Nachdem Queen sich vergewissert hatte, daß alles in Ordnung war, stahl er sich aus dem Haus. Er war noch immer damit beschäftigt, die Schlösser der Türen und Fenster zu prüfen, als ein Polizeiwagen vorfuhr. Zwei Beamte in Uniform sprangen heraus. Der eine trug ein Köfferchen, das die Utensilien zur Spurensicherung enthielt.

»Sind Sie der Mann, der eben bei uns angerufen hat?« fragte der eine Beamte, offenbar der Leiter der Dienststelle. Er war ein stämmiger Bursche mit rotem Gesicht und beleibter Mitte. »Ich bin Sheriff Victor Fleck.«

Der Inspektor nickte. »Mein Name ist Richard Queen, Polizeiinspektor im Ruhestand. Aus New York.«

Sheriff Fleck schien weder beeindruckt noch begeistert. »Was tun Sie denn hier?«

Der Inspektor berichtete kurz. »Meiner Meinung nach glaubte der Täter, er hätte Bronx getötet«, fügte er dann hinzu. »Er hat dreimal auf ihn eingeschlagen. Ein glatter Mordversuch, würde ich sagen.«

Fleck knurrte. »Überrascht mich nicht. Nach dem, was man so hört, ist bei dem alten Knaben eine Schraube locker.«

»Waren Sie schon einmal in seinem Haus, Sheriff?«

»Nein.«

»Sie werden Augen machen«, versprach der Inspektor.

»Ehe ich hineingehe, möchte ich eines klarstellen, Mr. Queen. Selbst wenn Sie nicht im Ruhestand wären, hätten Sie hier keine Amtsgewalt. Diese Sache liegt in meinem Revier. Sie geht nur mich etwas an. Mir sind Sie genauso verdächtig wie alle anderen. Ist das klar?«

»Sonnenklar.«

»Doch da wir nun schon einmal dabei sind – wurde irgend etwas gestohlen? Könnte es sich um einen Einbruch handeln?«

»Das kann ich Ihnen nicht sagen. Dr. Thornton hat den alten Mann eben erst wieder zu Bewußtsein gebracht. Ich hatte noch keine Gelegenheit, ihn zu fragen.«

»Was taten Sie, als wir hier ankamen? Ich meine, was hatten Sie hier draußen zu suchen?«
»Ich wollte nachsehen, ob sich irgendwo Spuren gewaltsamen Eindringens feststellen ließen«, erklärte der Inspektor. »Aber ich habe keine gefunden.«
»Jemand von den Gästen also?«
»Sieht so aus.«
»Irgendeinen Verdacht?«
Richard Queen schüttelte den Kopf.
»Nicht den geringsten.«
Sie gingen ins Haus.
Hugo war dabei, dem alten Mann sein Frühstück einzuflößen. Dem Inspektor fiel die Bemerkung des alten Mannes ein. Er wäre krank, hatte er behauptet. Was das wohl für eine Krankheit sein mochte? Seinen Appetit schien sie jedenfalls nicht zu beeinträchtigen. Das Frühstück bestand aus Rühreiern, Schinken, Orangensaft, Kaffee und gebuttertem Toast. Der alte Mann aß gierig. Bei jedem Bissen schmatzte er voll Genuß.
Jessie und Dr. Thornton standen ungläubig neben dem Bett.
Als die drei Männer eintraten, hörte Bronx abrupt auf zu kauen.
»Wer ist das?« murmelte er.
»Das ist Sheriff Fleck von der Polizei von Phillipskill«, versetzte der Inspektor. »Und das ist einer seiner Beamten.«
»Was?« rief Bronx empört. »Wer hat Ihnen erlaubt, die Polizei zu rufen? Verschwinden Sie auf der Stelle.«
»Mr. Bronx«, sagte der Inspektor verblüfft, »man hat versucht, Sie zu töten.«
»Das ist meine Sache! Wenn ich die Polizei brauche, rufe ich sie selbst. Meine Familie hat über zweihundert Jahre hier gelebt und nie die Polizei gebraucht. Hinaus!«
»Einen Augenblick, Mr. Bronx«, mischte sich der Sheriff ein. »Wenn Sie überfallen worden sind, dann ist es meine Aufgabe . . .«
»Wer hat behauptet, ich wäre überfallen worden?«
»Mr. Queen, hier.«
»Was weiß er denn schon davon? Hat er es etwa gesehen?«
»Der Feuerhaken hat kaum selbsttätig gearbeitet, Mr. Bronx«, entgegnete der Inspektor. »Oder haben Sie sich die Verletzungen vielleicht selbst beigebracht?«

Zur allgemeinen Verblüffung nickte der alte Mann. »Jawohl. Genauso war es. Ich hab' mir im Schlaf selbst eins über den Schädel gegeben. Und beweisen Sie erst mal das Gegenteil.« Dann schrie er wütend: »Hinaus jetzt! Hinaus!«
Hugo stopfte ihm hastig ein Stück Schinken in den Mund.
Das Gesicht des Sheriffs war rot angelaufen. Dr. Thornton trat zu ihm.
»Ich würde Ihnen raten, die Sache vorerst ruhen zu lassen, meine Herren. Verlassen Sie wenigstens das Zimmer. Es ist möglich, daß der alte Herr eine Gehirnerschütterung erlitten hat. Er darf sich nicht aufregen.«
»Sind Sie der Arzt, von dem Queen berichtete?«
»Ich bin Dr. Thornton.«
»Dann liefern Sie den Alten endlich in eine Heilanstalt ein. Sieht doch jeder Blinde, daß bei dem eine Schraube locker ist. Bist du fertig mit dem Schürhaken, Bobby?«
Der Beamte legte das Instrument nieder und packte seine Utensilien wieder ein. »Keine Abdrücke, Vic. Wurden wahrscheinlich abgewischt.«
»Hören Sie, Mr. Bronx«, fuhr der Sheriff den alten Mann an. »Ich bin hierher gerufen worden, und ich muß einen Bericht machen. Sie werden also keine Anzeige erstatten?«
»Nein.«
»Mir soll's recht sein.« Der Sheriff nickte kurz und trat mit seinem Beamten den Rückzug an. Inspektor Queen folgte den beiden Männern. »Das ist erst der Anfang, Queen«, bemerkte der Sheriff. »Das wissen Sie ebensogut wie ich.«
»Ich fürchte, ja.«
»Wenn er den Überfall leugnet und keine Anzeige erstattet, kann ich nichts unternehmen. Wenn ihm aber noch einmal etwas zustößt, möchte ich unterrichtet werden. Kann ich mich da auf Sie verlassen?«
»Ich würde am liebsten gleich mit Ihnen abfahren«, knurrte der Inspektor.
»Dann bleiben Sie also nicht?«
Der Inspektor zuckte die Achseln. »Natürlich bleibe ich. Ich habe zwar keine Ahnung, worauf wir uns da eingelassen haben, aber meine Neugier ist geweckt.«
»Das dachte ich mir.« Der Sheriff grinste. »Und deshalb will ich Sie

gleich warnen, Queen. Wenn hier etwas geschieht, werde ich nicht tatenlos zusehen, wie ein ehemaliger Kriminalbeamter aus New York die Lorbeeren einheimst. Das hier ist mein Gebiet.«

»Ganz gleich, was geschieht, Sheriff«, sagte Queen feierlich, »die Reporter überlasse ich Ihnen.«

Der stämmige Polizeibeamte witterte einen Hauch Ironie. »Okay, Queen«, versetzte er barsch, »wenn wir einander nur verstehen.«

Nachdem die Beamten abgefahren waren, kehrte der Inspektor in das Schlafzimmer zurück. »Ich habe etwas für Sie zu tun«, wandte er sich an Hugo, der eben das Frühstückstablett hinaustragen wollte. Hugo blickte ihn blöde an. »Sie wissen doch, daß jemand versucht hat, Mr. Hendrik zu verletzen?«

Der unförmige Kopf wackelte.

»Schön, dann werden Sie von jetzt an Wache halten, Hugo. Passen Sie auf, daß niemand ihm zu nahe kommt. Er darf nicht noch einmal überfallen werden. Verstehen Sie mich? Verlassen Sie dieses Zimmer keine Sekunde. Wenn sich irgend etwas ereignet, dann rufen Sie.«

»Aber die Küche . . .«, begann Hugo.

»Darum können sich die Frauen kümmern.«

Hugo schien hin und her gerissen; doch dann nickte er.

Jessie nahm Hugo das Tablett ab und marschierte, gefolgt von Queen und Dr. Thornton, hinaus.

Während sich Jessie anzog, holte sich Queen unten eine Tasse Kaffee und ließ sich, allein mit seinen Gedanken, im dämmrigen Salon nieder.

Er gestand sich ein, daß er verwirrt war. Der Überfall auf Bronx schien völlig sinnlos. Bronx selbst hatte erklärt, daß er noch kein Testament aufgesetzt hatte. Er hatte noch keinen Erben erwählt. Er wollte sich erst ein Bild von seinen Kandidaten machen; die Spreu vom Weizen sondern. Er hatte von Wochen gesprochen.

Warum hatte nun jemand – und vermutlich jemand, der sich im Haus aufhielt – versucht, die Gans zu töten, noch ehe sie die goldenen Eier gelegt hatte?

Doch es mußte ein Sinn dahinterstecken; ein verstecktes Motiv, ein Motiv, das sich selbst von der Aussicht auf eine Millionenerbschaft nicht verdrängen ließ.

Er versuchte, sich ein solches Motiv vorzustellen. Vielleicht war ei-

ner der Gäste ein Krösus? Vielleicht bedeuteten ihm eine Million Dollar gar nichts? Doch als er die fünf Leute, die als zukünftige Erben in Frage kamen, Revue passieren ließ, schien es ihm unwahrscheinlich, daß auch nur einer mit weltlichen Gütern gesegnet war.
Vielleicht war einer der Gäste im Haus ebenso verschroben, um nicht zu sagen verrückt, wie der alte Bronx selbst? Das schien die einzige Erklärung zu sein, die sich finden ließ. Sie war höchst unbefriedigend.
Queen leerte seine Tasse und machte ein Frühstückstablett für Jessie zurecht. Sie protestierte zwar immer, in ihrer Hausfrauenehre gekränkt, wenn er ihr das Frühstück ans Bett brachte, doch er wußte, daß seine Aufmerksamkeit sie freute.
Er war entschlossen zu bleiben, bis sich das Rätsel gelöst hatte.
»Zunächst einmal müssen wir versuchen festzustellen, ob noch andere Gäste im Hause sind, die eigentlich nicht hergehören«, meinte der Inspektor und setzte das Tablett vor Jessie hin. »Dazu brauchen wir Hilfe, denn ich will dich nicht allein hier lassen.«
»Ja, aber wen, Richard?«
»Meine alten Freunde vom Revier 87«, erwiderte der Inspektor mit einem Grinsen. »Du bleibst jetzt schön brav auf dem Zimmer, und ich fahre noch einmal zu dem alten Gasthaus und trommle meine Hilfstruppen zusammen.«

Der alte offene Kamin im *Old River Inn* hatte schon vor langer Zeit seinen letzten Atemzug getan und war durch einen Ölofen ersetzt worden, dessen Geruch den Speisen ein interessantes, wenn auch nicht unbedingt liebliches Aroma verlieh. Ansonst war das alte Wirtshaus unverändert. Man fühlte sich in die Zeit der Postkutschen und der Raddampfer zurückversetzt.
Die sechs Männer, die sich um den runden Tisch in der Mitte des Speisesaals versammelt hatten, gehörten ganz der Gegenwart. Der Inspektor hatte es sich nicht nehmen lassen, seine fünf Gäste zum üppigsten Mahl einzuladen, das das alte Gasthaus zu bieten hatte. Erst nachdem sich die Männer befriedigt den Mund gewischt hatten und zum Whiskyglas griffen, enthüllte Queen den Anlaß dieser Zusammenkunft.
Die alten Männer hörten schweigend und aufmerksam zu, während der Inspektor ihnen in groben Zügen von den Vorgängen im Ge-

spensterhaus, wie er es nannte, berichtete.
Sie waren alle ehemalige Polizeibeamte, die von der Stadt New York im Alter von dreiundsechzig Jahren, wie das Gesetz es vorschrieb, in den Ruhestand versetzt worden waren.
Wes Polonsky, ein breitschultriger Riese mit mehrmals gebrochenem Nasenbein, hatte beim Einbruchsdezernat Dienst getan. Pete Angelo, noch imposanter als Polonsky, hatte mit Polonsky zusammengearbeitet und war in der ganzen Unterwelt gefürchtet gewesen. Al Murphy, dessen Haar noch so rot war wie in seiner Jugend, war bei der Funkstreife gewesen. Hugh Griffin, dessen gutmütiges Gesicht eine breite Narbe zierte, die von einer Messerstecherei stammte, hatte mit Inspektor Queen im Polizeipräsidium zusammengearbeitet. Und Johnny Kripps war Lieutenant beim Morddezernat gewesen. Mit seiner schwarzgeränderten Brille und dem gepflegten weißen Haar wirkte er wie ein Bibliothekar oder Lehrer.
»Die Sache wird viel Lauferei mit sich bringen«, erklärte der Inspektor. »Wir werden alle nicht jünger . . .«
»Lassen Sie das Gefasel, Dick«, unterbrach ihn Pete Angelo. »Sie hätten uns den Rettungsring doch nicht zugeworfen, wenn Sie Angst haben müßten, daß wir nicht mehr die Kraft haben, ihn zu packen.«
»Ich gehe jede Woche einmal zur Fußpflege, Inspektor«, verkündete Polonsky. Ihm schien das Alter am meisten zugesetzt zu haben. Die Hand, die die Zigarette hielt, zitterte, und das Weiß seiner Augen war von unzähligen feinen roten Äderchen durchzogen. »Sie brauchen sich unsertwegen keine Gedanken zu machen.«
Der Inspektor zögerte. Gerade der Einsatz von Polonsky erschien ihm zweifelhaft. Doch er hätte es nicht übers Herz gebracht, den alten Kämpen auszuschließen. Er beschloß, dem großen Polen die leichteste Aufgabe zuzuteilen, möglichst ohne es ihn merken zu lassen.
»Wes, du übernimmst die Alistairs. Ich bin sicher, daß die beiden keine reine Weste haben. Das spürt man. Sie reisen wahrscheinlich unter falschem Namen. Meiner Ansicht nach handelt es sich um ausgemachte Schwindler. Die Frau lockt die Opfer an, und er nimmt sie aus.«
»Okay, werd' sehen, was ich tun kann.« Die blutunterlaufenen Augen des alten Wes Polonsky funkelten unternehmungslustig.
»Murph, Sie nehmen sich diesen Dr. Thornton vor. Hubert Thorn-

ton. Kommt aus South Cornwall. Versuchen Sie festzustellen, ob jemals eine Verbindung zwischen seiner Mutter und dem alten Bronx bestand.«
Al Murphy griff mit rotbehaarter Hand nach seinem Glas. »In Fällen, bei denen die Mütter eine entscheidende Rolle spielen, bin ich ganz groß«, erklärte er grinsend.
»Und Sie, Hughie, stochern ein bißchen in der Vergangenheit von Cornelia Openshaw herum«, fuhr der Inspektor fort. »Sie ist eine mannstolle alte Jungfer, deren Eltern Bronx angeblich vor dem Selbstmord bewahrt haben. Ich möchte wissen, ob die Geschichte stimmt.«
Angelo machte ein erwartungsvolles Gesicht. »Okay, Pete, Sie nehmen sich den jungen Palmer vor. Keith Palmer.« Er reichte dem Mann einen Zettel. »Bronx behauptet, Palmers Mutter wäre einmal mit ihm befreundet gewesen. Er sagte es so, als wäre er vor Urzeiten, als er noch ansehnlich war, mal ihr Liebhaber gewesen. Vorsicht ist besser, Pete. Ich möchte nicht, daß Palmer von den Nachforschungen erfährt.«
»Wird gemacht, Dick.«
»Und Lynn O'Neill überlasse ich Ihnen, Johnny«, wandte sich der Inspektor an Kripps. »Ganz einfach wird die Sache nicht sein. Die Kleine stammt aus Wyoming. Ihr Vater war dort mal Sheriff. Er hat angeblich Bronx das Leben gerettet. Vielleicht müssen Sie sogar eine kleine Flugreise unternehmen.«
»Na, erst werd' ich's mal per Telefon versuchen«, meinte der ehemalige Kriminalbeamte. »Ich hab' da unten einen guten Freund, der wird mir schon weiterhelfen.«
»Na ja, und wenn's nicht geht, dann fliegen Sie eben hin. Die Kosten übernehme ich.«
»Das würde ich nie annehmen, Dick.« Kripps lief rot an. »Aber meine gegenwärtige Finanzlage . . .«
»Ich hab' die Sache ausgegraben, und ich trage die Kosten. Das versteht sich von selbst. Wenn jemand einen Vorschuß braucht . . .«
»He, haben Sie plötzlich geerbt, Inspektor?« knurrte Polonsky. »Ich bin doch heilfroh, daß ich endlich mal wieder was zu tun habe.«
Als Queen später nach *Broncehall* zurückkehrte, fühlte er sich schon viel wohler in seiner Haut.

4

Lynn O'Neill und Keith Palmer waren die beiden einzigen jungen Leute in Reichweite. Kein Wunder, daß sie sich zueinander hingezogen fühlten. Daran änderte auch die düstere Atmosphäre des Hauses nichts. Im Gegenteil – hier war jeder froh, wenn er nicht allein sein mußte.

Lynn fürchtete besonders die Abende, wenn sie ihre Zimmertür abschließen und einer langen, einsamen Nacht ins Auge sehen mußte. Mit Ungeduld sehnte sie stets den Morgen herbei und den Anblick von Keith Palmers zuverlässigem und ehrlichem Gesicht.

»Ich weiß wirklich nicht, was ich hier noch tue«, vertraute Lynn Keith am zweiten Morgen nach dem Überfall auf Hendrik Bronx an. Sie schlenderten durch den Wald hinter dem weitläufigen Haus; das Grundstück war ebenso vernachlässigt wie das Haus. »Ich sollte lieber nach Hause fahren.«

»Oh, das meinen Sie hoffentlich nicht ernst«, sagte Keith rasch.

»Warum nicht?«

»Weil – na ja, es geht doch um eine Menge Geld.«

»Ist das«, fragte Lynn mit einem enttäuschten Seitenblick, »der einzige Grund?«

»Nein.«

»Was ist der andere Grund?«

»Äh – Sie.«

»Oh.« Lynn hüllte sich in ermutigendes Schweigen.

»Sie sind ein bezauberndes Mädchen.«

»Ach du lieber Schreck. Ich dachte mir fast, daß so etwas kommen würde.«

»Warum ›du lieber Schreck‹?«

»Soll ich mich etwa geschmeichelt fühlen? Unter den Blinden ist der Einäugige König. Oder wäre Cornelia Openshaw etwa eine Konkurrenz für mich? Das würde der alten Schachtel so passen. Ha! Die Blicke, die sie Ihnen zuwirft, sind ja direkt obszön. Oder vielleicht Mrs. Alistair? Eine eiskalte Person, die über Leichen geht, wenn Sie mich fragen. Diese Mrs. Queen ist allerdings reizend . . .«

»Wir sprechen von Ihnen.«

»Ich kann Ihnen nicht ganz folgen, Mr. Palmer.«

»Ich meine«, platzte Keith heraus, »daß Ihnen selbst Miss Amerika nicht das Wasser reichen kann.«

»Oh, vielen Dank«, murmelte Lynn.
»Was wollen Sie denn in Wyoming überhaupt anfangen?«
»Ich könnte mir eine Stellung suchen. Man hat mich nämlich an die Luft gesetzt.«
»Na, sehen Sie.«
Schweigend schlenderten sie weiter. Es war ein wunderschöner Tag. Die Sonne schien durch die dichtbelaubten Bäume, und je weiter sie sich vom Bronxschen Mausoleum entfernten, desto erfreulicher wurde der Tag.
»Und noch etwas«, sagte Lynn unvermittelt. »Das paßt alles nicht zusammen.«
»Was paßt nicht zusammen?«
»Na, diese ganze Geschichte. Ich habe das Gefühl . . .« Lynn brach ab.
»Weiter! Was wollten Sie sagen?«
»Es wird einfältig klingen.«
»Machen Sie Ihrem Herzen ruhig Luft.«
»Es – es ist unheimlich und böse.« Sie blickte ihm forschend ins Gesicht. Er verzog keine Miene. Erleichtert fuhr sie fort: »Es liegt nicht nur an diesem gespensterhaften alten Mann und seinem Monstrum von Diener. Sie erscheinen mir alle unheimlich – die Alistairs, diese widerliche Openshaw, Mr. Queen, der dauernd verschwindet . . . Die einzigen, die mir normal erscheinen, sind Dr. Thornton und Mrs. Queen.«
»Und ich?« erkundigte sich Keith wie nebenbei.
Lynn ließ sich auf einem Felsbrocken nieder. Die blaue Hose spannte sich über ihren kräftigen Schenkeln. »Und wie steht's mit Ihnen, Keith?«
»Es war meine Frage.«
»Lassen Sie mich eine Frage stellen. Ich habe zwar kein Recht dazu, und wenn Sie nicht wollen, brauchen Sie auch nicht zu antworten. Sind Sie verheiratet?«
Keith war sprachlos. Stumm stand er da.
»Ich dachte es mir«, stellte Lynn fest. Die Sonne hatte sich plötzlich verdüstert. Typisch Lynn das Glückskind, dachte sie.
»Moment, Moment«, stammelte Keith. »Nicht so vorschnell. Sie haben mir eine Frage gestellt. Da müssen Sie mir auch Zeit zum Nachdenken geben.«
»Was gibt's da nachzudenken, Keith? Auf die Frage gibt es nur zwei

Antworten. Ja oder nein. Es geht mich ja sowieso nichts an.«
»Aber nein, Sie mißverstehen mich. Es gibt nicht nur zwei Antworten auf diese Frage, Lynn. Das ist es ja gerade.«
»Was?« rief Lynn spöttisch. »Na schön, Mr. Palmer, dann geben Sie mir doch die dritte mögliche Antwort.«
»Ja und nein.«
Lynn riß Mund und Augen auf. Dann sprang sie auf. »Das ist eine Beleidigung. Sie werden mir direkt unsympathisch, Keith Palmer.«
»Es ist die Wahrheit«, versicherte er. Er schien einen inneren Kampf auszufechten. »Ich bin verheiratet und bin es doch nicht. Ich – ach, genauer kann ich es nicht erklären. Jedenfalls nicht jetzt. Ich meine . . .«
»Sie machen sich lustig über mich. Vielen Dank, ich verzichte auf Ihre Begleitung. Ich finde den Weg zum Spukschloß auch allein. Wofür halten Sie mich eigentlich?«
Lynn rannte davon. Er starrte ihr hilflos nach, hoffend, daß sie stolpern würde, so daß er den edlen Ritter spielen und ihr zu Hilfe kommen konnte. Sein Wunsch wurde nicht erfüllt. Sie war behende wie ein Füllen. Ihre Gestalt verlor sich bald im Schatten der Bäume.

Am fünften Abend nach dem Überfall auf Hendrik Bronx klopfte Queen beim Abendessen an sein Weinglas, um sich Gehör zu verschaffen. »Wenn Sie nichts dagegen haben, Mr. Bronx«, sagte Richard, »möchte ich darum bitten, daß sich nachher alle Anwesenden im Salon versammeln.«
»Oh?« zirpte Bronx. »Und wenn es mir nicht paßt, Mr. Queen? Finden Sie nicht, daß Sie sich in meinem Haus allerhand Freiheiten herausnehmen?«
»Es gibt andere, die sich noch viel größere Freiheiten herausnehmen«, entgegnete der Inspektor. »Der Mann mit dem Schürhaken zum Beispiel. Sie haben sich damals verblüffend großzügig gezeigt, Mr. Bronx. Doch das ist es nicht, was mir zu denken gibt. Es ist eine andere Ihrer Eigenheiten, wenn man es so nennen kann.«
»Und die wäre?« erkundigte sich der alte Mann liebenswürdig. »Wir können uns doch gleich hier aussprechen.«
»Da es uns alle angeht, kann ich es gleich hier sagen. Sie sind der größte Lügner, der mir je begegnet ist, Mr. Bronx.«

Die Alistairs zogen wie auf Kommando die Köpfe ein und wechselten einen raschen Blick. Dann wandten sie ihre Aufmerksamkeit Hendrik Bronx zu. Lynn O'Neill riß die Augen auf, Keith Palmer kniff sie zusammen. Dr. Thornton blickte wachsam in die Runde. Nur Cornelia Openshaw schien völlig ungerührt. Sie verschlang zum Nachtisch den jungen Palmer mit feurigen Blicken.

»Ich bin ein Lügner?« wiederholte der alte Bronx gelassen. »So, so. Und inwiefern habe ich Sie belogen?«

»Sie behaupteten, Jessie Sherwoods Vater, Dr. Sherwood, hätte Ihnen einstmals das Leben gerettet. Das sagten Sie doch, nicht wahr?«

»In der Tat.«

»Das Gegenteil trifft zu. Dr. Sherwood hätte beinahe Ihren Tod verursacht. Er stellte eine falsche Diagnose und verschrieb eine Behandlung, die beinahe tödlich gewirkt hätte. Wenn nicht ein Spezialist zugezogen worden wäre und die Diagnose berichtigt hätte, wären Sie tatsächlich gestorben. Als Sie wieder genesen waren, suchten Sie einen Anwalt auf und verklagten Dr. Sherwood wegen Kurpfuscherei. Lediglich die Tatsache, daß der Spezialist sich weigerte, gegen seinen Kollegen auszusagen, veranlaßte Sie, die Sache fallenzulassen. Und Sie geben vor, Dr. Sherwood zu ewiger Dankbarkeit verpflichtet zu sein!«

»Aha«, sagte Hendrik Bronx. »Aha!« Dann lächelte er. »Ist das alles, Mr. Queen?«

»Nur der Anfang. Ich komme jetzt zu Mr. Alistairs Vater.« Das rosige Gesicht DeWitt Alistairs wurde eine Schattierung bleicher. Doch Elizabeth Alistair zuckte nicht mit der Wimper. »Sie behaupteten, DeWitt Alistairs Vater hätte Sie in einer prekären finanziellen Situation vor dem Bankrott gerettet. Verhält es sich nicht in Wirklichkeit gerade umgekehrt, Mr. Bronx? Er lieh Ihnen keinen Cent. Tatsächlich schuldeten Sie ihm eine große Summe, und er hetzte Ihnen sogar die Polizei auf den Hals, als Sie nicht zahlen konnten. Tatsache ist, daß seine Forderung Sie beinahe in den Bankrott getrieben hätte.«

DeWitt Alistair durchbohrte Richard Queen mit einem tödlichen Blick. Doch der Inspektor war solche Feindseligkeiten gewöhnt. Sie ließen ihn kalt.

»Fahren Sie fort«, sagte Bronx. »Denn Sie sind doch sicher noch nicht am Ende.«

Der Inspektor blickte sich um, und seine Augen blieben an Lynn O'Neills hübschem jungem Gesicht haften. »Auch Miss O'Neill ist ein Opfer Ihres Lügengespinsts. Ihr Vater rettete Sie nicht vor der Lynchjustiz der erbosten Bürger. Er brach auch keine Lanze für Sie, als Ihnen der Prozeß gemacht wurde. Er ertappte Sie nämlich beim Diebstahl eines Pferdes und war der Hauptbelastungszeuge gegen Sie. Sie landeten nur deshalb nicht im Gefängnis, weil dem Staatsanwaltschaft ein Formfehler unterlaufen war – Festnahme ohne Haftbefehl – und weil der Vorsitzende Richter ein Pedant war, der sich streng an die Vorschriften hielt. Sie könnten sich also allenfalls des Richters mit Dankbarkeit erinnern, nicht aber Sheriff O'Neills.«

Hendrik Bronx' langer Hals reckte sich. Er stieß einen Zischlaut aus wie eine gereizte Schlange. »Sie haben offenbar ganze Arbeit geleistet, Mr. Queen. Noch etwas?«

»O ja«, erwiderte der Inspektor und wandte sich von Lynn ab, die sich am liebsten in ein Mauseloch verkrochen hätte. Ich werde mir doch wieder eine Stellung suchen müssen, dachte sie. Die Millionen sind futsch.

»Kommen wir zu Keith Palmer«, sagte Richard Queen. »Sie erklärten, Keiths Mutter hätte Ihnen sehr nahegestanden. Wissen Sie, wie hoch Ihre Mutter diesen Mann einschätzte? Sie konnte ihn nicht ausstehen. Sie verhinderte seine Heirat mit ihrer besten Freundin, indem sie dem Mädchen bewies, daß Bronx es nur auf das Geld ihres Vaters abgesehen hatte. Und dieser Mann besitzt die Stirn zu behaupten, Ihre Mutter hätte ihn geliebt.«

»Ist das wahr, Mr. Bronx?« rief Keith. »Ja, um Himmels willen, warum haben Sie sich denn diese Geschichte ausgedacht?«

»Mr. Queen hat das Wort«, versetzte Bronx und entblößte seine falschen Zähne. »Soll er doch Ihre Fragen beantworten.«

»Der nächste Fall«, fuhr der Inspektor unbeeindruckt fort. »Das sind Sie, Dr. Thornton. Ihre Mutter flößte Hendrik Bronx angeblich neuen Lebensmut ein, als er einen Tiefpunkt in seinem Leben erreicht hatte. In Wirklichkeit war Ihre Mutter von Hendrik Bronx ungefähr ebensosehr angetan wie Keith Palmers Mutter. Er wollte sie unbedingt heiraten und schreckte vor keinem Mittel zurück, um sie dazu zu bringen. Einmal mußte sie sogar die Polizei zu Hilfe rufen, um sich seiner zu erwehren. Erst als sie Ihren Vater heiratete, gab Bronx seine Bemühungen auf.«

Dr. Thornton schien nicht überrascht. Er musterte den alten Mann durch die Gläser seiner Brille wie eine Mikrobe unter dem Mikroskop.
Bronx hüllte sich in Schweigen. Er wedelte lässig mit der Hand. Auf seinen Lippen stand noch immer ein schiefes Lächeln.
»Und damit kommen wir zu Miss Openshaw«, nahm der Inspektor den Faden wieder auf.
»Ich will es gar nicht hören«, schrie Cornelia Openshaw. Sie hatte Keith Palmer jetzt vergessen. Ihre ganze Aufmerksamkeit galt dem Inspektor.
»Das tut mir leid, Miss Openshaw, doch Sie gehören nun einmal zum Kreis der Betroffenen, und es wäre den anderen gegenüber nicht fair, wenn ich mit Ihnen eine Ausnahme machen würde. In Ihrem Fall jedoch sind die Nachforschungen negativ verlaufen. Hendrik Bronx behauptete, Ihre Eltern hätten ihn vor dem Selbstmord bewahrt. Es läßt sich nicht feststellen, ob das wahr ist. In Anbetracht des allgemeinen Sachverhalts jedoch möchte ich annehmen, daß das Verhältnis zwischen Ihren Eltern und Hendrik Bronx keineswegs freundschaftlicher Natur war; daß er nicht in Dankbarkeit an sie zurückdenkt, sondern in tiefem Groll.«
»Das können Sie nicht beweisen«, zischte die alte Jungfer. »Ich glaube Mr. Bronx.«
»Das muß ich Ihnen überlassen. Nun, Bronx? So liegen die Tatsachen. Haben Sie irgend etwas hinzuzufügen?«
»Deshalb also pendelten Sie dauernd zwischen *Broncehall* und dem *Old River Inn* hin und her«, stellte der alte Mann fest. »Hugo machte sich schon Gedanken, und ich auch.«
»Mein verehrter Mr. Bronx, Sie sind als Lügner entlarvt worden. Finden Sie nicht, daß es an der Zeit ist, uns reinen Wein einzuschenken? Die Eltern der Anwesenden sind tot, deshalb konnten Sie sich nicht an ihnen selbst rächen. Sie beschlossen also, sich an die Nachkommen zu halten. Sie haben Ihren Haß von den Eltern auf die Kinder übertragen. Doch warum haben Sie diese Leute hierher eingeladen? Wirklich, um sie zu Ihren Erben zu machen, wie Sie behaupteten? Nach dem, was meine Nachforschungen ergeben haben, muß das jedem mit einem Funken Verstand höchst unwahrscheinlich erscheinen. Und zumindest eine Person in diesem Kreis glaubte von Anfang an nicht an Ihre Großherzigkeit – die Person, die versucht hat, Sie zu töten. Also, Bronx, ich würde Ihnen raten,

uns endlich die Wahrheit zu sagen.«
Der alte Bronx, der klein und zerknittert in seinem riesigen Sessel am Kopf des Tisches kauerte, beugte sich vor. »Hugo«, rief er gebieterisch. »Den Kaffee!«
Hugo sprang auf, schlurfte zum Platz seines Herrn und schenkte frisch ein. Mit der Kaffeekanne in der Hand blieb er hinter dem Stuhl stehen.
»Ah . . .« Bronx setzte zittrig die Kaffeetasse nieder. »Sie haben mir eine Frage gestellt, Mr. Queen, und Sie haben eine Antwort verdient. Ich muß Ihnen aber sagen, daß Ihre diensteifrigen Schnüffler erstklassige Versager sind. Gewiß, was sie ausgekundschaftet haben, ist richtig, doch das einzige, was zählt, haben sie übersehen.«
»Was soll das heißen?« Der Inspektor sah ihn verblüfft an.
»Es waren die richtigen Fakten«, kicherte Hendrik Bronx, »aber es war der falsche Hendrik Bronx.«
Das Kichern wurde zu dünnem Gelächter, und das Gelächter artete in einen Lachkrampf aus. Mit dürren Händen trommelte Hendrik Bronx auf den Tisch, während er sich vor Lachen bog und gleichzeitig mühsam um Atem rang. Die Gäste beobachteten ihn stumm und fassungslos.
»Was soll das heißen: der falsche Hendrik Bronx?« brüllte Richard Queen schließlich. »Drücken Sie sich gefälligst vernünftig aus! Wollen Sie behaupten, daß Sie nicht der einzige Hendrik Bronx sind? Da müssen Sie sich schon etwas Besseres einfallen lassen.«
»Es läßt sich leicht nachprüfen«, keuchte Bronx. »Sie werden feststellen, daß ich nicht lüge.«
»Erklären Sie sich endlich.«
»Schön. In unserer Familie war es Tradition, daß das Geschäft stets an den älteren Sohn überging. Die jüngeren Söhne mußten selbst ihr Glück machen. Der älteste Sohn wurde stets auf den Namen Hendrik getauft, im Gedenken an den Gründer der Familie. Mein Vater hatte zwei Söhne, ich war der jüngere. Mein älterer Bruder wurde Hendrik genannt. Als ich zur Welt kam, taufte man mich auf den Namen Simon.«
»Warum nennen Sie sich dann Hendrik?«
»Weil Hendrik tot ist. Ich war der einzige Überlebende. Ich beauftragte daraufhin einen Anwalt, meine gesetzliche Namensänderung auf Hendrik Simon Bronx zu betreiben. Seit der Antrag ge-

nehmigt wurde, heiße ich Hendrik Simon.«
»Moment. Sie wollen also sagen, daß der Hendrik, von dem ich gesprochen habe, Ihr älterer Bruder war?«
»Ganz recht.« Der alte Mann grinste. »Er war ein Tunichtgut und Draufgänger. Beinahe so schlimm wie ich. Solange Vater noch lebte, war er dauernd auf Achse und scherte sich nicht um die Firma. Doch als Vater starb, kehrte Hendrik heim und stürzte sich in die Arbeit. Er wurde ein anderer Mensch. Vor lauter Arbeit kam er nicht einmal zum Heiraten, obwohl er in seiner Jugend ein rechter Schürzenjäger gewesen war. Und eines Tages erwischte es ihn dann. Er starb an purer Überarbeitung. Das Geschäft, das Geld und dieser Grundbesitz fielen mir zu. Das wär's. Zufrieden, Mr. Queen?«
Der Inspektor funkelte ihn zornig an. Natürlich hatten Polonsky, Angelo, Murphy, Griffin und Kripps nicht ahnen können, daß sie dem falschen Hendrik Bronx auf der Spur waren. Kein Mensch wäre auf diesen Verdacht gekommen. Und trotzdem . . .
»Nein, Mr. Bronx, ich bin ganz und gar nicht zufrieden. Ihre Erklärung bringt uns keine Klarheit. Ihr Bruder war also der Tunichtgut, der all die schlimmen Dinge verbrach, von denen ich eben sprach. Sie aber ließen uns in dem Glauben, daß Sie derjenige gewesen wären. Es dürfte doch kaum wahrscheinlich sein, daß Ihnen in Ihrer Jugend genau das gleiche widerfahren ist wie Ihrem Bruder, auch wenn Sie aus dem gleichen Holz geschnitzt waren. *Zwei* Fehldiagnosen vom selben Arzt, einmal im Fall Ihres Bruders und einmal in Ihrem Fall? *Zwei* Verhaftungen wegen Pferdediebstahls vom selben Sheriff in Wyoming? Das wäre glatte Erfindung, Bronx. Oder wollen Sie vielleicht behaupten, daß die Version, die Sie uns auftischten, in Ihrem Fall zutrifft; daß aber das, was ich herausgefunden habe, für Ihren verstorbenen Bruder zutrifft? Wollen Sie behaupten, daß Sie in Ihrem Leben mit denselben Menschen zu tun gehabt hätten wie Ihr Bruder, nur mit dem Unterschied, daß Ihr Bruder sich schäbig benahm und dementsprechend schäbig behandelt wurde, während Sie der edle Ritter waren und entsprechend zuvorkommend behandelt wurden? Nein, das können Sie uns nicht weismachen. Ich bin der Überzeugung, daß Sie persönlich mit den Eltern der hier Anwesenden überhaupt nicht in Verbindung standen. Folglich schulden Sie diesen Leuten auch nichts – weder Dankbarkeit noch Rache. Oder führen Sie vielleicht im Namen Ihres Bruders einen Kampf der Vergeltung?«

»Das herauszufinden«, versetzte der alte Bronx kichernd, »überlasse ich Ihnen.«
»Schön, dann kann ich Ihnen gleich sagen, daß ich auch daran nicht glaube. Sie haben einen anderen Grund, Bronx. Warum haben Sie die Leute hier zusammengetrommelt? Worum geht es hier?«
»Tja, das scheint die Sechsmillionendollarfrage zu sein, was Insepktor?« meinte der alte Mann vergnügt. »Ach du Schreck, jetzt habe ich die Katze aus dem Sack gelassen, nicht wahr? Außer Ihrer Frau wußte hier doch sicher niemand Bescheid. Und Sie wußten auch nicht, daß ich darüber informiert bin, daß Sie früher einmal bei der Kriminalpolizei in New York waren?«
»Nein, das wußte ich nicht«, versetzte der Inspektor mit einem Anflug von Respekt.
Sie starrten ihn alle an. Besonders ausdrucksvoll war der Blick der Alistairs, die aussahen, als hätten sie soeben einen Stein umgedreht und darunter die üblichen unerfreulichen Entdeckungen gemacht.

5

Am nächsten Morgen folgte Richard Jessie ins Schlafzimmer des alten Bronx'. Dr. Thornton wollte die Wunde frisch verbinden.
»Sie haben heilende Hände, Doktor«, sagte der alte Mann unvermittelt, während Dr. Thornton den alten Verband entfernte.
»Danke«, erwiderte Dr. Thornton. »Ich habe die Wunde verbunden, Gott hat sie geheilt.«
Der alte Kobold blickte ihn verwundert an. »Was?«
»Das habe ich einmal irgendwo gelesen.«
»Ich glaube nicht an Gott.«
Die Wunde hatte sich geschlossen, doch das rote Fleisch der Narbe war geschwollen.
»Ich glaube, wir verbinden nicht neu«, meinte der Arzt. »Die Luft ist gesund. In ein oder zwei Tagen werde ich die Fäden ziehen. Hatten Sie in letzter Zeit Kopfschmerzen? Schwindelgefühle? Schwächeanfälle?«
»Nein.«
»Der Gott, an den Sie nicht glauben, hat es gut gemeint mit Ihnen, Mr. Bronx.«

Während Jessie dem Arzt die Mulltupfer reichte, mit denen dieser das verkrustete Blut an der Wunde entfernte, stand Queen schweigend dabei und bewunderte die ruhigen, sicheren Bewegungen seiner Frau. Er schrak zusammen, als plötzlich Hugos heisere Stimme dröhnte: »Der Mann ist hier! Der Mann ist hier!«
Es klang beinahe so, als riefe er: »Ich rieche Menschenfleisch!« Und dann erblickte Queen den Mann.
Die Hände in den Hosentaschen, lehnte er lässig am Türrahmen. Auf seinem Gesicht stand ein Grinsen, das halb spöttisch, halb verachtungsvoll und insgesamt unangenehm wirkte. Es war schwer zu sagen, was ihn belustigte; Hugos heiseres Gebell, die traute Szene am Krankenbett oder die Wunde am Kopf von Hendrik Bronx.
Hugo trat auf ihn zu.
»Bleiben Sie mir vom Leibe, Sie Ungeheuer«, sagte der Mann in der Tür. »Sie mögen stärker sein als ich, aber ganz bestimmt ein bißchen langsamer in den Reaktionen.«
Hugo trat noch näher. Der Neuankömmling rührte sich nicht von der Stelle. Doch Queen sah, wie sich seine Muskeln spannten.
»Er hat nichts für mich übrig«, stellte der Mann fest. »Ich glaube, wir haben nicht die gleichen Interessen.«
»Wer sind Sie?« fragte Richard.
»Mein Name ist Vaughn.« Er wandte den Blick nicht von Hugo.
»Wer? Wer?« schrillte die dünne Stimme des alten Bronx vom Bett her. »Vaughn?«
»Richtig, Mr. Bronx.«
»Hugo«, fuhr der alte Mann seinen Diener an. »Laß das.«
Hugo gehorchte. Der Mann entspannte sich und betrat federnden Schrittes das Schlafzimmer.
Der Inspektor war ein friedliebender Bürger, doch das ganze Gehabe dieses Mannes reizte ihn. Zum ersten war da die Gangart des Mannes – federnd und selbstsicher, halb wie das Stolzieren eines Pfaus, halb wie das unbekümmerte Trotten eines Hundes. Und zum anderen war da der unverschämte Blick, mit dem er Jessie musterte und sie dann in einer Art mitleidiger Verachtung ignorierte.
Vaughns maßgeschneiderter Anzug war entweder zu klein, oder er war aus ihm herausgewachsen. Das Spiel der strotzenden Muskeln zeichnete sich deutlich darunter ab. Das rötlich blonde Haar war kurz und stand in steifen Borsten vom Kopf ab. Die hellen grauen Augen hatten den harten Glanz von Diamantsplittern. Eine flache

Nase saß in dem kantigen Gesicht mit der eckigen Kinnpartie. Die Haut war narbig und tief gebräunt. Auf seinem Kopf saß ein breitkrempiger Hut, den er nicht abgenommen hatte. Das Hemd war marineblau, die Krawatte narzissengelb. Und doch sprach Intelligenz aus den harten, argwöhnischen Augen. Vielleicht war es aber auch Gerissenheit, wie man sie in verqualmten Hinterzimmern drittklassiger Bars erwirbt. Er war ein Mann, den jeder andere Mann instinktiv verabscheute; ein Mann, den keine Frau unbeachtet ließ.

»Was haben Sie sich denn da geholt?« erkundigte sich Vaughn mit der Teilnahme eines Leichenbeschauers.

»Darüber sprechen wir später, Mr. Vaughn«, versetzte der alte Mann ungeduldig.

»Sie hätten mich verständigen sollen. Dieser überdimensionale Blödian ist doch kein Leibwächter. Sieht ja ein Blinder, daß er nicht für fünf Cent Grips hat.«

»Sie sind ein Rohling«, erklärte Jessie empört.

»Klar, mein Schatz.« Vaughn ging gar nicht auf sie ein.

»Bitte, verschwinden Sie jetzt alle«, sagte der Alte.

»Augenblick.« Der Schnurrbart des Inspektors sträubte sich. »Meine Frau und die anderen Gäste dieses Hauses haben ein Recht zu wissen, was hier vorgeht. Ich verlange Auskunft darüber, wer dieser Mann ist und warum Sie ihn haben kommen lassen.«

»Sie sind wohl von der Polente, was?« meinte Vaughn, noch ehe Bronx antworten konnte. »Ah, ich hab's. Queen ist der Name, nicht wahr? Und Sie haben vor kurzem Jessie Sherwood geheiratet. Stimmt's?«

»Stimmt.«

»Und wer sind Sie?« wandte sich Vaughn an den Arzt.

»Dr. Thornton«, versetzte der Arzt kurz.

»Ach ja. Okay. Sie haben gehört, was Mr. Bronx gesagt hat. Verschwinden Sie, alle!«

»Ich verlasse dieses Zimmer nicht, ehe meine Frage beantwortet ist«, entgegnete der Inspektor scharf. »Wer ist dieser Mensch, Mr. Bronx?«

»Es ist schon in Ordnung, Vaughn«, sagte Hendrik Bronx. »Ich möchte sogar, daß man über Sie Bescheid weiß. Mr. Vaughn ist der Privatdetektiv, der Ihre Frau und die anderen Gäste für mich ausfindig gemacht hat. Außerdem ist er Rechtsanwalt. Er wird mein

Testament aufsetzen, wenn es soweit ist.«
»Ein Anwalt! Welche Universität haben Sie denn besucht, Vaughn? Sing-Sing?«
»Harvard, Yale, Columbia, wie Sie wollen. Was geht Sie das überhaupt an? Wollen Sie meine Zulassung sehen?«
»Nein, aber die Lizenz für die Waffe, die Sie da in Ihr Achselhalfter gepackt haben.«
»Und ich dachte, unter dem Dreihundertdollaranzug würde man das Ding nicht sehen. Wird Zeit, daß ich den Schneider wechsle. Keine Sorge, Inspektor, ich habe einen Waffenschein. Und, falls Sie das interessiert, ich bin auch als Privatdetektiv in New York zugelassen.«
»In New York bekommt heutzutage jeder eine Zulassung. Na schön, Mr. Bronx, er ist Ihr Angestellter, und ich muß mich damit abfinden. Ich möchte aber von vornherein klarstellen, daß ich mir keinerlei Unverschämtheiten bieten lasse. Ich kenne diesen Schlag.«
Vaughn zuckte die Achseln. »Was ist denn los, Opa? Ist Ihnen eine Laus über die Leber gelaufen? Wenn ich Ihnen ein Dorn im Auge bin, kann ich's auch nicht ändern. Aber ich würde Ihnen raten, hier nicht den starken Mann zu spielen. Daß Sie früher mal bei der Polizei waren, imponiert mir nämlich gar nicht.« Er ließ dem Inpektor keine Zeit zu einer Erwiderung. »Also, Mr. Bronx, wie lange dauert die Sache?«
»Das wird sich zeigen. Wie lange können Sie bleiben?«
»Das hängt von Ihnen ab. Sie tragen die Kosten. Aber da ich nun schon mal hier bin, werden Sie hoffentlich einsehen, daß es keinen Sinn hat, sich von diesem grobschlächtigen Ungetüm irgendwelche Sicherheit zu erhoffen? Ich würde Ihnen raten, sich einen neuen Leibwächter zu suchen.«
»Gerade darüber wollte ich mit Ihnen sprechen, Mr. Vaughn. Dieses Amt sollen Sie übernehmen.«
Hugo fuhr auf. »Nicht ich?«
»Hauen Sie ab, Sie Gorilla«, fuhr Vaughn ihn an. »Sie haben gehört, was Ihr Herr und Meister gesagt hat.«
»Nicht ich?« wiederholte Hugo stupide.
»Nein«, rief der alte Mann gereizt. »Du hast im Haus genug Arbeit. Von jetzt ab tust du genau das, was Mr. Vaughn dir sagt.«
Hugo sackte in sich zusammen. »Jawohl, Mr. Hendrik.« Niederge-

schmettert schlurfte er aus dem Zimmer.
Jessie blickte ihm mitleidig nach.
»Okay, meine Herrschaften. Ende der Versammlung«, rief Vaughn und wies mit dem Daumen zur Tür. »Mr. Bronx und ich haben einiges zu besprechen.«
Richard hielt Jessie und dem wutschnaubenden Dr. Thornton die Tür. Er wollte ihnen gerade folgen, als er verblüfft bemerkte, wie Vaughn eine mitgenommene alte Silberflasche aus der Hüfttasche zog und aufschraubte. Solche Flaschen hatten die Leute während der Prohibition mit sich herumgetragen. Vielleicht kamen sie wieder in Mode?

Vor Vaughns Ankunft hatte sich das Leben im Haus einigermaßen eingespielt gehabt. Zwischen acht und neun gab es Frühstück. Dann fuhr man nach Phillipskill oder Tarrytown, um Zeitungen zu holen und den Zigarettenvorrat aufzustocken. Danach wurde zum Mittagessen gerufen, und am Nachmittag unternahm man kleine Spaziergänge durch den Wald oder zum alten Landungssteg hinunter. Häufig jedoch fand man sich auch gemeinsam im Salon ein, wo Jessie an einem Pullover für Richard strickte, die Alistairs um Zahnstocher pokerten, Dr. Thornton die letzten Fachzeitschriften studierte und die jungen Leute sich ostentativ in ihre Bücher vertieften und einander ignorierten. Cornelia Openshaw verfolgte Keith Palmer weiterhin mit Blicken, bewahrte jedoch in ihrem Benehmen den Schein äußerster Tugendhaftigkeit und unbestechlicher Keuschheit.
Keiner fühlte sich recht wohl, doch man fand sich mit den Gegebenheiten ab.
Mit Vaughns Erscheinen kehrte eine andere Art der Ungemütlichkeit ein. Sie fühlten sich hilflos gefangen in seinem spöttischen, verächtlichen Grinsen, vor dem es kein Entkommen gab.
Wie der Inspektor, so hatte auch Vaughn die Alistairs gleich richtig eingeschätzt. Er gab immer wieder Erlebnisse aus seinem Leben zum besten, die ihm in Spielkasinos widerfahren waren, gab vor, sich an die feinen Details nicht mehr zu erinnern und bat die Alistairs mit scheinheiliger Arglosigkeit um Rat und Hilfe. Das Paar geriet völlig aus der Fassung, da Vaughns Anspielungen stets im Beisein von Bronx fielen, der sich in sphinxhaftes Schweigen hüllte.
Dr. Thornton verfolgte er mit Sticheleien über die medizinische

Kunst im allgemeinen und ihre Jünger im besonderen. Alle Ärzte, pflegte er zu bemerken, wären nichts weiter als geldgierige Metzger. Der Arzt litt mit Würde. Doch mit jeder Stunde fiel es ihm schwerer, seinen Gleichmut zu bewahren. Sobald Thornton jedoch anfing, an seinem Schnauzbart zu zupfen, und die Hände zu Fäusten ballte, versiegte das Feuerwerk der Sticheleien. Vaughn ließ es nie zur Explosion kommen. Offenbar war das seine Art, sich zu belustigen.

Cornelia Openshaw gegenüber wandte er die männlich-primitive Methode an. Er erzählte ihr zweideutige Witze. Zu Anfang pflegte sie empört aufzustehen und hocherhobenen Hauptes aus dem Zimmer zu segeln. Doch der Inspektor stellte fest, daß die Empörungsschwelle der alten Jungfer mit der Zeit immer später erreicht wurde. Und schließlich ergriff sie nicht mehr die Flucht, sondern lauschte scheinbar völlig taub.

Keith Palmer behandelte Vaughn nach der Von-Mann-zu-Mann-Methode. Sie bestand im wesentlichen aus freundschaftlichen Püffen und Rippenstößen sowie verständnisinnigen Bemerkungen. »Sie wissen schon, was ich meine!« Die harten Stöße brachten den athletischen Keith zum Wanken, doch sie wurden in so freundschaftlicher Manier ausgeteilt, daß es zimperlich gewirkt hätte, sich dagegen zu verwahren. Dennoch war es nur noch eine Frage der Zeit, wie lange Keith sich das gefallen lassen würde.

Zum Hauptziel seiner Verfolgungen jedoch hatte sich Vaughn Lynn O'Neill auserkoren. Seine Taktik bestand darin, sie zu ignorieren und erst auf sie aufmerksam zu werden, wenn sie vor ihm stand; dann pflegte er mit freudiger Überraschung aus scheinbar tiefer Nachdenklichkeit hochzufahren. Seine Augen wanderten von der Krone ihres kastanienbraunen Haares über die glatte hohe Stirn zu dem feingeschwungenen Mund und weiter ihren wohlproportionierten Körper hinunter, als suche er nach verborgenen Schätzen. Wenn er die kleinen Füße erreicht hatte, begann er die Forschungsreise in umgekehrter Richtung von neuem. Er redete kaum mit ihr, doch seine Augen sprachen Bände. Da seine Aufdringlichkeiten nicht konkreter Natur waren, konnte Lynn ihn nicht abblitzen lassen. Statt dessen errötete sie jedesmal bis zu den Haarwurzeln, was sie zutiefst erboste, und suchte schleunigst das Weite.

Queen mußte allerdings zugeben, daß Vaughn seine Aufgabe ernst nahm. An seiner Arbeit gab es nichts auszusetzen. Bei Tag hielt er sich kaum jemals außer Reichweite von Hendrik Bronx auf. Und wenn sich der alte Mann abends zurückzog, klappte Vaughn auf dem Flur vor der Tür sein Feldbett auf. Wenn irgendwo eine Tür ging, wenn Schritte aufklangen, wenn ein Geräusch sein Ohr traf, fuhr er hoch wie der Blitz, die Hand am Halfter, die Augen aufmerksam das Halbdunkel durchforschend. Er badete und kleidete sich nachmittags im Zimmer des alten Mannes um, wenn dieser seinen Mittagsschlaf machte. Stets schloß er dabei die Tür ab.

Es gab keinerlei Zwischenfälle, nur unter den Gästen bildeten sich kleine Cliquen heraus. Die Alistairs blieben ein einsames Duo. Selten sah man einen ohne den anderen. Nach dem Abendessen spielten sie im allgemeinen Karten und hielten sich von den anderen fern. Hendrik Bronx und Vaughn bildeten ein zweites Grüppchen, dem sich auch der treue Diener Hugo anschloß. Die größte Gruppe setzte sich aus den übrigen Gästen zusammen. Nur Miss Openshaw schien sich nicht entschließen zu können, ob sie sich lieber der Bronx-Vaughn-Gruppe oder der Clique, die Palmer einschloß, zugesellen sollte. Sie flatterte von der einen zur anderen wie ein Falter, der die Orientierung verloren hat.

Eines Abends nach dem Essen wanderte die alte Jungfer zu der alten Musiktruhe und begann an den Knöpfen zu drehen. Nichts geschah.

»Lieber Gott, nicht einmal das Radio funktioniert«, seufzte Miss Openshaw. »Mr. Palmer, würde es Ihnen etwas ausmachen, mich zum Gasthaus hinüberzufahren? Dort gibt es einen Fernseher.«

Sie hatte offensichtlich beschlossen, zum Angriff überzugehen. Keith errötete.

»Sehr gern, Miss Openshaw, aber Miss O'Neill und ich wollten einen Spaziergang machen. Nicht wahr, Lynn?«

Er war darauf gefaßt, eine Abfuhr zu erhalten. Statt dessen jedoch nickte Lynn. »Natürlich, Keith. Es tut mir leid, Miss Openshaw. Sicher wird Mr. Palmer Sie gern an einem anderen Abend hinüberfahren. Kommen Sie, Keith?«

Draußen sagte Keith voller Erleichterung: »Tausend Dank. Mir ist einfach nichts anderes eingefallen.«

Lynn kicherte. »Die hat es wirklich auf Sie abgesehen.«

»Die Tragik meines Lebens. Die Frauen, die mir gefallen, lassen mich abblitzen. Und die Frauen, denen ich gefalle, sind nicht mein Typ.«

»Na, das glaube ich aber nicht ganz. Erwähnten Sie nicht mal was davon, daß Sie halb und halb verheiratet wären? Oder ist Ihre Frau auch nicht Ihr Typ?«
»Nein. Ich meine – Lynn, diese Sache mit der Heirat«, begann Keith ernst. »Ach, verflixt, ich kann's nicht erklären. Ich kann Ihnen nur versichern, daß ich es ehrlich meine. Bestimmt, Lynn. Sie müssen mir vertrauen. Ich will Sie doch richtig kennenlernen.«
»Warum?« fragte Lynn unzugänglich, doch nicht mehr ganz so unzugänglich wie bei ihrem letzten Spaziergang.
»Weil . . . Ach, zum Teufel! Warum will ein Mann schon ein Mädchen kennenlernen?«
»Wollen Sie darauf wirklich eine Antwort?«
»Na ja, das gehört natürlich auch dazu . . .«
»Natürlich!«
»Aber es ist doch nicht das einzige, nicht einmal das wichtigste.«
»Ach, ich weiß nicht«, antwortete Lynn skeptisch. »Es ist doch ziemlich wichtig. Na, lassen wir das, reden wir von was anderem. Eine wunderschöne Gegend ist das hier. So ganz anders als Wyoming.«
Sie erzählten sich ihre Lebensgeschichten und kamen einander wieder näher. Lynn war in einer Kleinstadt in Wyoming aufgewachsen. »Mein Vater starb, als ich dreizehn war, und meine Mutter starb vor zwei Jahren. Die Million könnte ich schon brauchen. Ich habe nicht mal eine Stelle.«
»Sie«, erklärte Keith warm, »könnten sogar in Hollywood eine Stelle kriegen.«
»Mr. Palmer! Das ist ein uralter Trick«, erwiderte Lynn im Ton der erfahrenen Frau. Im geheimen war sie erfreut. Es hatte beinahe so geklungen, als wäre es ihm Ernst. »So, und jetzt erzählen Sie mal Ihre Jammergeschichte.«
Er erzählte kurz vom Schrottgeschäft, von seinem Geschäftspartner, »einem großartigen Burschen namens Bill Perlberg«, dann vom Krieg. Weder der Name Joanne noch der Name Sam tauchte irgendwo in der Geschichte auf. Nicht einmal die Wörter »Frau« oder »Sohn« fielen.
Lynn lauschte kritisch und holte zum Schlag aus. »Sie haben Sachen ausgelassen«, sagte sie anklagend. »Warum, Keith?«
Ein exaltiert zwitschernder Sopran rettete ihn. »Mr. Palmer! Oh, Mr. Palmer?« Miss Openshaw eilte geziert auf ihn zu. »Ah, da sind

Sie ja. Ich habe eigentlich Miss O'Neill gesucht.«
»Mich?« fragte Lynn.
»Mrs. Queen möchte Sie sprechen. Sofort.«
»Ich bringe Sie zurück, Lynn«, sagte Keith hastig.
»Nein, Mr. Palmer. Nach Ihnen hat Mrs. Queen nicht gefragt. Ich leiste Ihnen Gesellschaft, bis Miss O'Neill wieder da ist. Wie wär's? – Miss O'Neill! Mrs. Queen wartet.« Sie versetzte Lynn einen freundschaftlichen Stoß und hakte sich bei Keith ein. »Ach, ich bin ja so froh, endlich mal hinauszukommen, Mr. Palmer! Der alte Mann ist mir richtig unheimlich. Manchmal habe ich tatsächlich das Gefühl, er sieht mich an. Und dieser gräßliche Vaughn ist einfach . . .«
Lynn mußte Vaughns unverschämte Musterung über sich ergehen lassen, der Hendrik Bronx in sein Zimmer hinaufbrachte. Und diesmal streifte seine Hand wie zufällig ihren Körper. Sie wollte ihm gerade wütend ihre Meinung sagen, als er mit untadeliger Höflichkeit »Entschuldigen Sie, Miss O'Neill« murmelte und die Treppe hinaufging.
Entrüstet eilte Lynn in den Salon. »Miss Openshaw sagte, Sie wollten mich sprechen, Mrs. Queen.«
Jessie strickte. Der Inspektor las seine Zeitung. Beide blickten auf.
»Es freut mich natürlich, Sie zu sehen, mein Kind«, meinte Jessie verwirrt. »Aber . . .«
»Meine Frau hat Sie nicht rufen lassen, Miss O'Neill«, schaltete sich der Inspektor lächelnd ein. »Sie bemerkte lediglich vorhin, daß eine Tasse Tee jetzt sicher allen schmecken würde, und stellte fest, daß Sie nicht im Zimmer wären. Das war das Stichwort für Miss Openshaw.«
»Sie kann einem leid tun«, sagte Lynn vorsichtig.
»Aber sie ist hartnäckig«, stellte Dr. Thornton fest. »Verschwenden Sie Ihre Teilnahme lieber nicht an sie, Miss O'Neill. Frauen ihrer Art können gefährlich werden. Wenn ich an Ihrer Stelle wäre, würde ich Palmer raten, ihr aus dem Weg zu gehen.«
Lynn zuckte die Achseln. »Er ist ein erwachsener Mann, Doktor, und ich kenne ihn ja kaum. Ich glaube, ich gehe schlafen. Ich habe Kopfschmerzen.«
»Vier Asse«, sagte DeWitt Alistair zu seiner Frau und zog einen Berg Zahnstocher zu sich heran.
An diesem Abend beschloß der Inspektor, sich mit seinen Hilfstruppen in Verbindung zu setzen, um nachzufragen, wie weit sie

gekommen waren. Die Nachforschungen erforderten zuviel Zeit, und seine Nase sagte ihm, daß die Uhr bald ablaufen würde.

»Sie hätten Aufsichtsratsvorsitzender werden sollen, Inspektor Queen«, erklärte der alte Bronx mit einem säuerlichen Grinsen. »Was ist der Zweck dieser Konferenz?«
Er hockte wie der König eines Liliputanerreichs auf dem Rand seines Ohrensessels. Ihm zur Seite saßen Vaughn und Hugo. Alle Gäste hatten sich versammelt.
»Ich will es kurz machen, Mr. Bronx«, begann der Inspektor. »Sie haben all diese Leute mit dem Märchen hierhergelockt, daß Sie ein reicher Mann sind.«
»Märchen?« unterbrach der alte Mann.
»Ja, es ist ein Märchen«, wiederholte der Inspektor. »Meine Leute haben zehn Tage lang Ermittlungen angestellt. In Phillipskill, in Tarrytown, im ganzen Landkreis Westchester. Außerdem in New York, in Boston und in Philadelphia. Und jetzt habe ich das Ergebnis.«
Ein Ausdruck, der beinahe wie Angst anmutete, spiegelte sich plötzlich in den Augen der Anwesenden.
»Es ist meinen Leuten nicht gelungen, auch nur ein einziges Scheck-, Bank- oder Sparkonto oder auch ein Bankschließfach auf den Namen Hendrik Bronx ausfindig zu machen. Auch ließen sich keinerlei Anhaltspunkte dafür finden, daß Sie Aktien oder andere Wertpapiere Ihr eigen nennen. Sie haben keinerlei Grundbesitz außer diesem Stück Land hier, auf dem das Haus steht. Das Haus ist vollkommen verschuldet, und das Land wird gerade genug einbringen, um die Hypotheken zu decken. In anderen Worten, Sie sind ein armer Mann.«
»Tatsächlich?« meinte der alte Mann mit Belustigung. »Sehr fleißig, Inspektor.«
»Ich bin noch nicht fertig«, fuhr der Inspektor fort. »Meine Leute haben ferner festgestellt, daß Sie bei allen Geschäften in der Umgebung Schulden haben. Beim Fleischer und beim Lebensmittelhändler stehen noch die Rechnungen für die letzten sechs Monate aus. Sie haben nicht einmal das Heizmaterial für den vergangenen Winter bezahlt. Sie sind mit Ihren Zahlungen an die Elektrizitätsgesellschaft drei Monate im Rückstand. Und die Telefongesellschaft hat den Vertrag mit Ihnen gekündigt, weil Sie nicht zahlen konnten.

Wo also sind Ihre Millionen, Mr. Bronx? Im Augenblick sieht es ganz so aus, als könnte man hier nur Verpflichtungen erben.« Seine Zuhörer waren wie vom Donner gerührt.
»Nun, Mr. Bronx?«
»Zuerst die unbezahlten Rechnungen«, sagte der Alte gelassen. »Warum soll ich mir ein Bein ausreißen? Sicher, manche meiner Gläubiger werden ungeduldig, doch sie werden sich auch wieder beruhigen. Wissen Sie nicht, daß es ihnen lieber ist, wenn ihnen ein reicher Mann schuldet, als wenn ein armer Mann zahlt? Dann können sie nämlich noch die Zinsen hinzufügen. Was die Telefongesellschaft angeht, so frage ich Sie – wozu brauche ich ein Telefon? Jahrelang habe ich die Grundgebühren gezahlt. Wozu? Telefongespräche sind zum größten Teil reine Zeitverschwendung. Genügt Ihnen das als Antwort, Inspektor?«
»Nicht im geringsten. Doch Ihre Schulden berühren uns im Augenblick weniger. Uns geht es mehr um das Geld, das Sie vorgeben zu besitzen. Dazu haben Sie uns noch keine Erklärung gegeben.«
Der welke Mund öffnete sich und verzog sich zu einem Grinsen. Er schien diese Szene aus tiefstem Herzen zu genießen. Und für Queen hatte er nichts als nachsichtige Verachtung übrig.
»Sie haben mir ein großes Vergnügen bereitet, Inspektor Queen.« Seine Stimme klang jetzt scharf und grausam. »Ich bin froh, daß Sie geschnüffelt haben. Das verleiht unserem kleinen Spiel zusätzlich Würze, wissen Sie. Sie dachten wohl, Sie hätten mich in der Falle, was? Nun, das überlasse ich jedem einzelnen zu entscheiden. Wem werden Sie glauben, meine Damen und Herren? Diesem Mann, der behauptet, ich wäre ein Lügner und ein armer Mann dazu, oder mir? Lassen Sie es sich durch den Kopf gehen, meine Freunde. Die Entscheidung, ob Sie abfahren oder bleiben wollen, liegt bei Ihnen.« Er stand auf und rief gereizt: »Hugo, deinen Arm. Kommen Sie, Vaughn.«
»Mann Gottes«, sagte Vaughn und pfiff durch die Zähne. »Sie haben sogar mich aus der Fassung gebracht.«
Schweigen folgte dem Trio, das den Salon verließ. Es dauerte lange, ehe jemand etwas sagte.
Dann bemerkte der Inspektor: »Die Entscheidung liegt bei Ihnen, wie der alte Knabe sagte.«
Dr. Thornton schüttelte ratlos den Kopf. »Ich weiß wirklich nicht, ob ich gehen oder bleiben soll«, murmelte er.

»Was meinen Sie, was wir tun sollen, Inspektor?« erkundigte sich Cornelia Openshaw eifrig besorgt. »Was werden Sie Ihrer Frau raten?«
»Ich? Mich bringen keine zehn Pferde von hier weg.«
»Aber ich verstand Sie doch so . . .«
»Hier geht etwas nicht mit rechten Dingen zu, Miss Openshaw, und ich gedenke festzustellen, was es ist.«
»Oh!« Miss Openshaw nickte gequält.
Lynn O'Neill schüttelte das kastanienbraune Haar in den Nacken. »Ich weiß gar nicht, warum wir uns alle solches Kopfzerbrechen machen. Es ist ausgeschlossen, daß Inspektor Queen und seine Freunde jede Möglichkeit untersucht haben. Mr. Bronx kann leicht im Ausland, zum Beispiel in der Schweiz, sein Geld hinterlegt haben. Ich bleibe, Doktor. Stellen Sie sich mal vor, wie Sie sich ärgern würden, wenn Sie sich später sagen müßten, Sie hätten sich eine Million entgehen lassen.«
»Das ist sein Köder«, brummte Thornton. »Und ich muß gestehen, wenn er wirklich vermögend ist . . . Mein Gott, mit einer Million könnte ich unsere Klinik vergrößern, die modernsten Apparate kaufen . . . Ja, ich glaube, ich bleibe. Wie ist es mit Ihnen, Keith?«
Der junge Palmer lächelte unbekümmert. »Ich bleibe. Es ist mir gleichgültig, was Sie gefunden oder nicht gefunden haben, Inspektor. Mich erinnert das Ganze an ein Pokerspiel. Man kann doch nicht einfach aufstehen und gehen, wenn der Pott so groß ist.«
»Selbst, wenn Sie annehmen müssen, daß falsch gespielt wird«, antwortete der Inspektor trocken.
»Mein ganzer Einsatz ist die Zeit, die ich verliere.«
»Er könnte sein Vermögen ja in Wertsachen angelegt haben«, sagte Jessie unvermittelt. »All die Bronzesachen im Haus, zum Beispiel.«
»Das ist wahr!« rief Cornelia Openshaw. »Keiner von uns hat daran gedacht.«
»Sie sagten doch, Sie wären im Schrottgeschäft, Keith«, rief Lynn. »Haben Sie eine Ahnung von Bronze?«
»Ein bißchen.« Keith nahm eine der Bronzelampen zur Hand und untersuchte sie fachmännisch. Dann trat er zu dem Zeitungsständer aus Bronze und hob ihn abwägend hoch. Er schüttelte den Kopf. »Meiner Ansicht nach handelt es sich hier ganz einfach um bronzierte Gegenstände, die alles in allem nicht mehr als ein paar tau-

send Dollar wert sein dürften.«
»Auf jeden Fall sollten wir die Hoffnung nicht aufgeben«, erklärte Miss Openshaw ein wenig enttäuscht. »Mr. Bronx hat uns immerhin das Geld geschickt. Irgendwo muß er das herbekommen haben. Sie sagten doch selbst, die Noten wären echt, nicht wahr, Inspektor?«
»Ja, jedenfalls die, die meine Frau erhielt.«
»Na also.«
Der Inspektor zuckte die Achseln.
»Moment mal.« Lynn blickte sich um. »Das Haus steckt doch voller Antiquitäten. Verschiedenes ist sicherlich sehr wertvoll.«
»Und Mr. Bronx hat sie mit seinem Bronzierungswahn alle gründlich verdorben, Miss O'Neill.«
Schweigen.
»He!« rief Keith unvermittelt. »Das Geschäft hat doch auch mit Edelsteinen gehandelt, oder? Vielleicht hat er seine Millionen in Juwelen angelegt. Brillanten und so. Die lassen sich leicht verstekken.«
»Schon möglich.« Der Inspektor schien nicht sonderlich erregt. »Die einzigen«, fuhr er langsam fort, »die ihre Meinung noch nicht kundgetan haben, sind Sie beide.« Er blickte die Alistairs an. »Was haben Sie vor?«
»Wir bleiben«, sagte Elizabeth Alistair und heimste für ihren Royal Flush ein Vermögen in Zahnstochern ein.

Ein Tag folgte auf den anderen. Keith und Lynn hatten bei ihrer Entdeckungsreise durch den Keller inmitten alten Gerümpels ein Grammophon aufgestöbert und dazu eine Kassette mit alten Schallplatten. Sie schleppten alles die Treppe hinauf und ließen es von Hugo in den Salon bringen. Während Keith den Apparat reinigte, sah Lynn die Platten durch. Wunderbarerweise hatte sie auch ein Kästchen mit neuen Nadeln entdeckt. Keith kurbelte das Grammophon an.
Lynn legte einen Walzer auf, und Queen verbeugte sich galant vor seiner Frau. »Darf ich bitten?«
Doch noch ehe Jessie aufstehen konnte, brach die Musik mit einem unmelodischen Kratzen ab. Richard drehte sich empört um. Vaughn stand über den Apparat gebeugt, während der alte Bronx lächelnd an der Tür wartete.

»Sie werden das Tänzchen ein wenig aufschieben müssen, Inspektor. Heute möchte nämlich ich eine Konferenz zusammenrufen.«
Er tastete sich zu seinem hochlehnigen Sessel und ließ sich darin nieder. Hugo schob ein niedriges Tischchen vor den Stuhl, und der alte Mann legte eine dünne Mappe darauf. Vaughn und Hugo bezogen ihre Plätze zu beiden Seiten des Alten.
»Es ist jetzt etwa zwei Wochen her, daß jemand versuchte, mich zu töten«, begann der alte Mann. »Doch ich bin noch immer munter wie ein Fisch im Wasser, wenn man so sagen kann. Und Sie warten noch immer auf die Entscheidung des alten Kauzes. Nun, ich habe mich entschieden.«
DeWitt Alistair neigte den Kopf, als lauschte er fernem Trommelwirbel. Elizabeth Alistair, mit unbewegtem Gesicht, hielt einen Moment den Atem an. Sie war also doch menschlich, stellte der Inspektor fest.
»Sie sind so schweigsam«, meinte der alte Mann. »Sie warten wohl darauf, was ich zu sagen habe? Wer unter uns? Wie viele unter uns? Wer erbt? Und wer erbt nicht? Nun, meine Damen und Herren, ich bin zu dem Schluß gekommen, daß es unter Ihnen nicht viel zu wählen gibt.«
Und diese Behauptung stinkt zum Himmel, stellte der Inspektor im stillen fest. Auf den ersten Blick war zu erkennen, daß DeWitt Alistair ein Schwindler übelster Sorte war. Seine Frau besaß ungefähr den Charme eines Eisblocks. Und wenn man behaupten wollte, daß einem zwischen Cornelia Openshaw und Lynn O'Neill die Wahl schwerfiele, dann mußte man schon mit Blindheit geschlagen sein.
Bronx klopfte mit seinem Stock auf den Boden. »Ich habe Mr. Vaughn in seiner Eigenschaft als Rechtsanwalt Auftrag gegeben, mein Testament aufzusetzen.«
»Ja?« brach es aus Cornelia Openshaw hervor. Dann preßte sie rasch die klauenartigen Hände vor den Mund.
»Ungeduldig, meine Liebe? Das ist verständlich. Na, sehen Sie jetzt, was Sie mit Ihrer Einmischung erreicht haben, Inspektor? – Meine Damen und Herren, ich habe mein Vermögen – die gesamten sechs Millionen Dollar – den sechs Gästen, die von mir eine persönliche Einladung erhielten, zu gleichen Teilen vermacht. Was sagen Sie dazu?«
Erleichtertes Seufzen war Kommentar genug. Der Inspektor war

enttäuscht. Er hatte fast erwartet, daß der alte Mann aus reinem Sadismus nur einen Teil seiner Gäste bedenken würde.
»Aber . . .«, begann der alte Mann und legte eine Pause ein.
Jetzt kommt's, dachte der Inspektor.
»Aber das Testament enthält eine Bedingung. Ich habe Ihnen bereits berichtet, daß es Mr. Vaughn nicht gelungen ist, einen weiteren meiner Kandidaten ausfindig zu machen – Harding Boyle. Wenn Harding Boyle bis spätestens einen Monat nach meinem Tod auftauchen sollte, so würde der Nachlaß in sieben gleiche Anteile gehen, statt in sechs. – Ach ja, und ein besonderes Legat habe ich Mr. Zarbus hinterlassen.«
»Wem?« rief der Inspektor.
»Zarbus. Hugo Zarbus, meinem treuen Diener. Diesem alten Trottel hier. Doch das wird kein großes Loch in Ihre Börse reißen. Sie können es sich gestatten, großzügig zu sein.«
Warum nur kann ich nicht ein Wort von dem glauben, was der alte Kauz sagt? fragte sich der Inspektor. Er schüttelte verzweifelt den Kopf. Es war unvereinbar mit dem Bild, das er sich von Hendrik Bronx gemacht hatte, daß dieser seinem alten Diener gegenüber Dankbarkeit bezeigen sollte. Irgendwo war da ein Haken. Aber wo?
Hugo Zarbus nahm die Ankündigung mit starrer Miene auf.
Der alte Mann öffnete jetzt die dünne Mappe. Er breitete ein blau eingebundenes Dokument auf dem kleinen Tisch aus.
»Mr. Vaughn, bitten Sie Sarah und Emma Hotaling herein.« Die Schwestern Hotaling waren die Aushilfskräfte, die der alte Bronx anläßlich des Besuchs seiner zukünftigen Erben engagiert hatte. Vaughn holte sie. »Eine Feder, Mr. Vaughn.« Vaughn reichte dem alten Mann einen Kugelschreiber. »Führen Sie meine Hand zu der Stelle, wo die Unterschrift angebracht werden muß.«
Der Privatdetektiv führte die Hand des Alten.
»Sarah und Emma«, sagte Hendrik Bronx, »ich werde jetzt mein Testament unterschreiben. Sie beide sind Zeugen. Verstehen Sie?«
Die beiden Frauen nickten furchtsam.
Er schrieb umständlich und langsam. Im Raum war nichts zu hören als das Geräusch des Kugelschreibers, der auf das Papier gedrückt wurde.
»Lassen Sie jetzt die beiden Damen unterschreiben, Mr. Vaughn.«

Die Schwestern kritzelten ihre Namen an die Stelle, die Vaughns spitzer Zeigefinger anzeigte.
»Fertig, Mr. Vaughn?«
»Ja.«
»Ich danke Ihnen, meine Damen. Das ist alles.«
Während die Schwestern eilig aus dem Raum huschten, stahl sich der Inspektor durch das Zimmer, um einen Blick auf das Testament zu werfen. Vaughn beobachtete ihn grinsend. Kein Zweifel, die Unterschrift von zittriger Hand war identisch mit der auf dem Schreiben, das Jessie erhalten hatte.
»Das reicht«, sagte Vaughn und ergriff das Dokument. »Sonst noch etwas, Mr. Bronx?«
»Noch eines. Sie können so lange bleiben, wie Sie wollen, meine Herrschaften. Wer weiß, vielleicht kratzt der alte Knacker schon morgen ab, und dann müßten Sie sich der Mühe der Reise noch einmal unterziehen. Wenn auch natürlich unter wesentlich erfreulicheren Umständen, was? Es tut mir in tiefster Seele wohl zu wissen, wie Sie sich über Ihren neuen Reichtum freuen werden. Es stimmt schon – Geben ist seliger denn Nehmen.« Er kicherte boshaft. »Wenn Sie natürlich abfahren wollen . . .«
Es schien dem Inspektor, als ließe der alte Bronx mit voller Überlegung das Ende des Satzes im Nichts verklingen. Was würde geschehen, wenn man abfuhr?
»Mr. Bronx«, ließ sich Queen vernehmen. »Hielten Sie es nicht für angebracht, Ihren zukünftigen Erben an dieser Stelle mitzuteilen, wo Ihr Geld untergebracht ist? Es könnte doch arge Verwirrung auslösen, wenn Sie stürben und niemand wüßte, wo das Geld ist. Ich will kein Schwarzseher sein, aber Sie selbst brachten das Thema Ihres Todes ja aufs Tapet.«
»Neugierig, was, Inspektor? Ich muß Sie enttäuschen, Sir. Ich habe nicht die Absicht, Aufklärung darüber zu geben, wo mein Geld zu finden ist. Was sagen Sie dazu?«
Er kicherte wieder und streckte seinen Arm nach Hugo aus.
»Nun?« fragte Richard, als der alte Mann mit seiner Leibwache verschwunden war. »Was haben Sie vor, meine Herrschaften? Bleiben oder abfahren?«
Der junge Palmer rieb sich die Hände. »Er scheint zu wünschen, daß wir bleiben. Mir soll das recht sein. Wie steht's mit Ihnen, Lynn?«
»Ich habe Zeit wie Sand am Meer.« Lynn lachte vergnügt. »Lieber

Himmel! Eine ganze Million!«
»Ich möchte nur wissen, wo er sie versteckt hat«, murmelte Cornelia Openshaw mit schmalen Augen.
»Das ist sein Köder«, meinte der Inspektor müde. »Er weiß, daß er Sie alle an der Angel hat. Aus irgendeinem unerfindlichen Grund will er Sie hier haben. Und für mich ist das allein Grund genug, das Weite zu suchen.«
»Sie wollen abfahren?« fragte Dr. Thornton.
»Wenn Sie alle bleiben, will ich kein Spielverderber sein«, antwortete der Inspektor. »Jemand muß hier ja einen kühlen Kopf behalten.«
»Ich habe jetzt schon so viel Zeit investiert, da kann es nicht schaden, wenn ich noch ein paar Tage länger bleibe«, stellte der Arzt fest.
»Und Sie, Alistair?«
»Wir bleiben«, versetzte der Mann ohne Zögern. »Wenn ich Geld hätte, würde ich einen Riesenschwindel hinter der Sache vermuten, irgendeinen Plan, uns um unser Geld zu bringen. Aber bei uns ist Ebbe in der Brieftasche. Wir haben nichts zu verlieren. Nicht wahr, Liz?«
Die eisige Mrs. Alistair nickte.

»Ich schlage vor, wir machen uns auf den Rückweg, Mr. Palmer«, sagte Lynn. »Der Mond hat eine beunruhigende Wirkung auf Sie.«
Keith schaltete das Kofferradio aus, das er in Tarrytown gekauft hatte, und raffte sich hoch. Das sanfte Licht des Mondes, das so romantisch über den Hudson flutete, schien auf Lynn leider nicht die geringste Wirkung zu haben.
Sie hakte sich bei ihm unter, als sie langsam zurückschlenderten.
Ihm wäre es lieber gewesen, sie hätte es nicht getan. Gewiß, er sehnte sich nach ihrer Nähe, doch sie schien so kühl und zurückhaltend.
Steif und gehemmt schritt er neben ihr her. Lynn schien das gar nicht zu bemerken. Sie schwatzte vergnügt und unbekümmert. Dann blieb sie unvermittelt stehen.
»Was ist?« fragte Keith.
»Ich habe meine Handtasche am Steg liegengelassen. Jetzt müssen wir noch einmal zurück.«

»Ich gehe schon. Warten Sie hier.« Er eilte davon und nahm die Taschenlampe mit. Der arme Junge, dachte Lynn. Er ist wirklich verwirrt. Sie stieß mit dem Fuß gegen einen Felsbrocken und setzte sich nieder.
Es war so dunkel, daß Lynn plötzlich ärgerlich wurde. Wahrscheinlich hat er die Lampe mit Absicht mitgenommen, dachte sie wütend. Um sich an mir zu rächen. Aber das werde ich ihm heimzahlen.
Ein blendender Lichtstrahl traf ihr Gesicht. »Na, meine Süße«, sagte eine Stimme. Es war Vaughn.
Lynn sprang auf. Doch er war schneller. Seine kräftigen Arme umschlossen sie wie eiserne Klammern. Seine Hände betasteten ihren Körper. Sie wand sich, stieß mit den Füßen um sich, versuchte zu kratzen und zu beißen. Er lachte leise.
»Sie sind noch begehrenswerter, als ich dachte«, murmelte er.
Lynn versuchte zu schreien. Doch sein Arm preßte sich an ihre Kehle.
»Das willst du doch gar nicht, Süße«, sagte er. Behutsam bog er ihren Körper nach hinten.
»Lassen Sie mich!«
Er *muß* doch einen wunden Punkt haben, dachte Lynn verzweifelt.
»Ich dachte – ich dachte – Sie müßten Mr. Bronx bewachen.«
»Der schläft sicher hinter verschlossener Tür, meine Schöne. Stell dich nicht so an, Mädchen! Komm schon!«
Ehe sich Lynn versah, lag sie auf dem Boden. Er beugte sich über sie. Sein Schatten wirkte riesenhaft. Lynn holte tief Atem und schrie: »Keith!«
Keith rannte. Sie konnte die Zweige unter seinen Füßen knacken hören. Ein Licht näherte sich schwankend. Lynn wälzte sich zur Seite. Vaughn fluchte. Dann lachte er und knipste seine Taschenlampe aus. Lynn schloß die Augen. Der arme Keith. Sie verkroch sich hinter einem Baum und lauschte. Sie hörte dumpfe Schläge, sie hörte Keuchen, unterdrückte Flüche und wieder einen Schlag. Dann war es ganz still.
Ein Mann kam um den Baum herum und zog sie am Arm hoch. »Der Kerl wird Sie nicht mehr belästigen. Ich habe seinen wunden Punkt gefunden.«
»O Keith, Sie bluten ja an der Nase.«
»Ja, ich bin gegen einen Baum gerannt, als ich Sie schreien hörte.«

»Was ist denn sein wunder Punkt?« fragte Lynn und lehnte sich an ihn.
»Er hat ein Glaskinn«, erwiderte Keith.

Als Queen an diesem Abend die Tür verriegelt hatte, sagte Jessie: »Richard, ich will hier weg. Wirklich.«
»Palmer hat ihn zusammengeschlagen«, meinte ihr Mann und schüttelte den Kopf.
»Gleich morgen früh geh' ich zu dem alten Mann und sag' ihm, daß dieser ekelhafte Vaughn die falsche Jessie Sherwood erwischt hat. Und dann fahren wir ab, Richard.«
»Wie? O nein, noch nicht, Jessie.« Er runzelte die Stirn. »Wir können jetzt nicht abfahren. Wenigstens ich nicht.«
»Dir steckt immer noch der Drill von der Polizei in den Knochen.«
»Jessie, ich glaube, uns steht allerhand bevor. Das Testament war ein arger Fehler. Der alte Bronx hat damit praktisch sein Todesurteil unterzeichnet.«

6

Jessie und Richard Queen blieben also.
Zwei Abende später begegneten sie, als sie von ihrem Nachmittagsspaziergang zurückkehrten, Hugo, der sich ungewöhnlich elegant herausstaffiert hatte. Er trug einen blauen Anzug, von dem ein Duft nach Mottenpulver ausging. Dazu riesige rotbraune Schuhe und einen Homburg. Er war auf dem Weg zur Remise.
»Was haben Sie denn vor?« fragte der Inspektor, ohne eine Miene zu verziehen. »Eine Verabredung?«
»Ich habe heute abend frei, Mr. Queen«, erwiderte Hugo stolz. »Mr. Hendrik gestattet mir vier freie Abende im Jahr.«
»Viel Vergnügen«, sagte Jessie. Hugo tippte an seinen Hut und setzte seinen Weg fort.
Wenig später zuckelte er in einem altersschwachen Honda an ihnen vorüber.
Mr. Bronx schien beim Abendessen übler Laune. Der Inspektor schrieb das Hugos Abwesenheit zu. Der alte Mann kaute schweigend, mit mißmutig verzogenem Gesicht. Nicht einmal seiner eige-

nen Boshaftigkeit schien er sich an diesem Abend zu freuen. Vaughn führte den Alten unmittelbar nach dem Abendessen in sein Zimmer hinauf.

Mitten in der Nacht setzte sich der Inspektor in seinem Bett auf. Jessie schlief ruhig. Er lauschte angespannt und fragte sich, was ihn aus dem Schlaf gerissen hatte. Kein Windhauch störte die Stille der Nacht. Niemand hatte geschrien – dessen war er sicher. Und doch mußte irgend etwas ihn geweckt haben.

Er schlüpfte in seinen Morgenrock und ließ die Füße in die Pantoffeln gleiten. Lautlos schob er den Riegel vor der Schlafzimmertür zurück, drückte die Klinke herunter und trat hinaus in den kühlen Korridor. Angestrengt spähte er in die Dunkelheit. Vor der Tür zum Zimmer des alten Bronx konnte er undeutlich Vaughns Feldbett ausmachen.

Dann hörte er es ganz deutlich. Vaughn schnarchte. Natürlich. Der Mann mußte ja auch einmal schlafen. Und doch, dachte er, jetzt könnte ich mich an ihn heranschleichen und ihn außer Gefecht setzen, noch ehe er nach seiner Waffe greifen kann.

Plötzlich rann dem Inspektor ein kalter Schauer über den Rücken. Das war kein Schnarchen, was er da hörte. Das war ein Keuchen, das Röcheln eines Menschen, der nach Atem rang.

Er begann zu laufen.

Wieder einmal mußten sich Dr. Thornton und Jessie um einen Patienten kümmern.

»Er hat Glück gehabt«, stellte Dr. Thornton fest. »Er kommt durch.«

»Und Mr. Bronx?« fragte Lynn O'Neill, die fasziniert auf den bewußtlosen Vaughn niederstarrte.

»Mr. Bronx ist tot«, erwiderte Dr. Thornton.

»Lynn, verschwinden Sie lieber«, sagte Keith Palmer.

Er führte sie weg. Die anderen hielten sich im Salon auf, wo Sheriff Fleck sie hingeschickt hatte.

Sheriff Fleck schmatzte erwartungsvoll mit den Lippen. Er sah sich bereits von einer Schar Reporter umgeben, die gierig jedes seiner Worte mitschrieben, während er äußerlich ungerührt und kühl schilderte, wie er diesen sensationellen Fall geklärt hatte.

»Könnte dieser Vaughn sich die Dolchwunde selbst beigebracht haben?« fragte er Thornton.

Thornton schüttelte den Kopf.
»Unmöglich«, sagte der Inspektor. »Der Dolch hat ihn von hinten getroffen, als er auf der Seite mit dem Gesicht zur Tür lag. Der Stich sitzt unter dem Schulterblatt und setzt sich nach oben fort. Nicht einmal ein Gummimensch könnte sich eine derartige Wunde selbst beibringen.«
Der Sheriff von Phillipskill stakte zurück ins Schlafzimmer, um noch einmal einen Blick auf den letzten Bronx zu werfen. Richard und Thornton folgten ihm.
Der zahnlose Mund des alten Mannes stand offen. Das Gesicht war gelb. Es schien dem Inspektor, als grinse der Alte selbst im Tode noch boshaft, erfreut über seinen gelungenen Scherz. Der Hirschfänger, der ihm den Tod gebracht hatte, steckte bis zum Schaft in dem mageren Körper.
»Der Amtsarzt hätte schon längst hier sein müssen«, knurrte Sheriff Fleck. »Was sagen Sie zu der Sache, Dr. Thornton?«
»Ich könnte Ihnen mehr sagen, wenn ich den Dolch entfernen dürfte.«
»Dann tun Sie es. Sie haben meine Erlaubnis. Aber seien Sie vorsichtig, wegen der Fingerabdrücke.«
Thornton trug noch seine Gummihandschuhe. Vorsichtig zog er die Waffe heraus. Ein dünner Blutstrom rann aus der Wunde und versiegte.
»Bronze natürlich«, stellte Queen fest.
Es war ein kurzer Dolch, einem Hirschfänger nachgebildet, und mit den gleichen Ornamenten ziseliert wie alles im Hause.
»Meiner Ansicht nach wurde auch Vaughn mit diesem Dolch verwundet.«
»Ich habe ihn gestern abend noch auf Bronx' Schreibtisch im Salon liegen sehen«, bemerkte der Inspektor.
Fleck schickte einen Beamten hinunter. »Das Messer unten ist weg, Vic«, meldete der Mann, als er zurückkam.
»Dann steht fest, daß es dasselbe ist. Was ist das überhaupt für eine Waffe? Ich habe noch nie so etwas gesehen.«
»Es ist ein Brieföffner«, versetzte Queen. »Und er lag ganz offen auf dem Schreibtisch. Jeder hatte Gelegenheit, ihn wegzunehmen.«
»Dann war es jemand, der sich im Haus aufhält.« Sheriff Fleck blickte sich um. »Oh, Doc!« rief er erleichtert. »Gut, daß Sie da sind. Die Geschichte hier wird uns allerhand zu schaffen machen.«

Damit stand für Queen fest, daß Sheriff Fleck nicht die Absicht hatte, die Staatspolizei einzuschalten. Er wollte den Fall ganz allein lösen und ganz allein die Lorbeeren einheimsen.
Queen wandte sich dem Neuankömmling zu.
Der Amtsarzt war ein junger Mann mit schütterem Haar und müden Augen. Er nickte wortlos und machte sich sogleich an die Arbeit.
Der uniformierte Beamte, den Fleck mitgebracht hatte, blickte von dem Brieföffner auf. »Keine verwendbaren Abdrücke, Vic.«
»Hm. Nimm das Ding nachher mit, wenn Dr. Ash fertig ist, Bob. Nun, Doktor?«
Der Arzt richtete sich auf. »Ist das die Tatwaffe?«
»Ja.«
Dr. Ash sah sie sich an. »Ich werde sie zur Untersuchung mitnehmen, aber sie sieht ganz so aus, als wäre sie die Mordwaffe. Ich lasse die Leiche abholen.«
»Müssen Sie sie mitnehmen?«
»Wo soll ich denn die Obduktion vornehmen, Sheriff. Hier?«
»Nein, nein. Natürlich nicht.«
»Dr. Ash«, sagte der Inspektor, »wie lange, meinen Sie, ist der Mann tot?«
»Ja«, rief Fleck hastig. »Wie lange?«
»Nach der Obduktion werde ich es genauer sagen können; für den Moment möchte ich behaupten, daß er zwischen vier und sechs Uhr heute morgen starb.« Er zog das Leintuch über den Kopf des Toten und ging.
»Was halten Sie davon, Thornton?« fragte der Sheriff.
»Zwischen vier und sechs, ja.«
»Dann scheint die Sache ziemlich klar. Der Mörder schlich sich in der Dunkelheit zum Zimmer des alten Mannes. Vaughn schlief. Der Täter stach mit dem Messer auf Vaughn ein, zog die Waffe wieder heraus und betrat das Zimmer des alten Bronx. Er erstach den alten Mann mit demselben Messer. Was halten Sie davon, Queen?«
»Klingt wahrscheinlich.«
Die Unterhaltung mit Vaughn, der inzwischen zu sich gekommen war, war wenig aufschlußreich. Er hatte geschlafen und wußte von nichts.
»Und was haben Sie jetzt vor, Sheriff?« erkundigte sich der Inspektor.

»Jetzt werde ich erst mal feststellen, wo jeder einzelne sich zur Tatzeit aufgehalten hat«, versetzte der Sheriff grimmig. »Und bei Ihnen fange ich an.«

Es war eine Gruppe wachsamer Menschen, die sich unten versammelt hatte. Alle außer Palmer waren im Morgenrock. Jeder war auf der Hut. Jeder wählte seine Worte mit Vorsicht.
»Zwischen vier und sechs?« fragte der Inspektor. »Da wird kaum einer ein Alibi nachweisen können. Ich war im Bett. Und ebenso meine Frau. Als ich wach wurde und hinausging, um nachzusehen, war es schon passiert. Meine Frau schlief noch.«
»Nein, als du aufstandest, wachte ich auf«, mischte sich Jessie ein. »Wenn man jahrelang als Krankenschwester gearbeitet hat, dann hat man einen leichten Schlaf. Ich sah meinen Mann aufstehen und hinausgehen.«
»Um welche Zeit war das?« wollte Fleck wissen. Und hoffnungsvoll setzte er hinzu: »Das wissen Sie wahrscheinlich nicht?«
»Doch. Ich trage auch im Bett immer meine Uhr. Sie hat ein Leuchtzifferblatt. Es war sieben Minuten nach sechs.«
»Und Sie, Miss O'Neill?« wandte sich der Sheriff brummend an das junge Mädchen.
Lynn sah ärgerlich aus. »Ich wollte, ich könnte beweisen, daß ich geschlafen habe. Leider kann ich das nicht. Ich habe aber trotzdem geschlafen – wie ein Murmeltier. Ich bin erst heute morgen von all dem Lärm aufgewacht.«
»Sie, Palmer?«
»Ich habe auch geschlafen«, antwortete Keith. »Erst der Krach draußen weckte mich. Inspektor Queen bat mich, zum Telefon zu fahren und Sie zu verständigen. Ich zog mich an und fuhr los. Das ist alles, was ich weiß.«
»Miss Openshaw? Wo hielten Sie sich zwischen vier und sechs Uhr heute morgen auf?«
»In meinem Bett natürlich«, rief Cornelia Openshaw empört. »Allein. Ich bin eine anständige Frau! Wofür halten Sie mich?«
»Also auch kein Alibi. Und Sie, Mr. Alistair?«
Er sieht aus wie ein Fußballfan, dessen gesamte Mannschaft vom Platz gestellt worden ist, dachte der Inspektor.
Ein wenig zu rasch versetzte Alistair: »Meine Frau und ich schliefen, Sheriff. Genau wie die Queens.«

»Das ist gelogen«, fuhr Dr. Thornton dazwischen.
Wenn Blicke töten könnten, dachte Queen. Elizabeth Alistairs Augen schossen giftige Pfeile auf Dr. Thornton ab.
»Ich schlafe schlecht«, erklärte der Arzt, »und wachte gegen drei Uhr morgens auf. Ich knipste das Licht an und las eine Weile. Gegen halb vier Uhr hörte ich aus dem Zimmer der Alistairs, das neben dem meinen liegt, ein Geräusch. Wenig später hörte ich die Tür gehen. Ich wurde neugierig und stand auf. Als ich die Tür öffnete, sah ich Alistair durch den Gang schleichen. Dann verschwand er um eine Ecke, und ich legte mich wieder hin.«
»Aha!« sagte Sheriff Fleck. Der Inspektor traute seinen Ohren nicht, als der Sheriff hinzufügte: »Warum haben Sie nicht gerufen?«
»Weshalb? Er hat doch nichts getan. Ich wußte außerdem, daß Vaughn vor Bronx' Tür Wache hielt. Das hat er jede Nacht so gehalten. Ich habe lediglich gesehen, daß Alistair sein Zimmer verließ.«
»Sie haben gelogen«, schrie Fleck Alistair an. »Das werden Sie teuer bezahlen.«
Das gesunde rote Gesicht sah plötzlich fahl und kränklich aus. »Ich wollte mit der Sache nichts zu tun haben, Sheriff«, verteidigte sich Alistair. »Das können Sie doch verstehen? Es war natürlich dumm von mir. Das sehe ich jetzt ein. Es tut mir leid.«
»Wohin gingen Sie?«
»Ich habe mein Leben lang unter Schlaflosigkeit gelitten. Gestern nacht war es besonders schlimm. Ich zog meinen Morgenrock an und ging hinaus an die frische Luft.«
»Und was taten Sie draußen?«
»Ich ging spazieren. Bis hinunter zum Steg. Dort blieb ich bis zum Morgengrauen sitzen. Kurz vor sechs kam ich wieder zurück und schlief sofort ein. Ich wachte erst auf, als meine Frau mich wachrüttelte und mir erzählte, was geschehen war.«
»Ich hörte meinen Mann aufstehen«, erklärte Elizabeth Alistair ruhig. »Und ich hörte ihn auch zurückkommen. Ich habe einen leichten Schlaf, wissen Sie.«
»Aber Sie können nicht beweisen, daß Sie die ganze Zeit unten am Steg waren«, hakte Fleck ein. »Und Sie, Mrs. Alistair, können nicht nachweisen, wo Sie sich in der Nacht aufhielten.«
»In meinem Bett.«
»Allein. Zwischen vier und sechs. Niemand hier hat ein Alibi, nicht einmal Sie, Queen. Sie wissen ja selbst, daß die Aussage von Ehe-

gatten bei der Polizei nicht gewertet wird. – Oh, Hugo!« rief er unvermittelt. »Wie geht's denn? Besser jetzt?«
Hugo machte den Eindruck, als hätte er eine erinnernswerte Nacht hinter sich. Der Homburg fehlte, doch er hatte noch immer seinen blauen Anzug an und die rotbraunen Schuhe. Der Anzug war schmutzig und verknittert. Er roch nach Alkohol und Rauch. Die kleinen Augen waren blutunterlaufen, und das massive Kinn zitterte unkontrollierbar.
Katerstimmung und Schmerz hatten ihn offenbar überwältigt. Man hatte ihn auf seinem Bett gefunden, wo er schnarchte wie ein Walroß. Fleck hatte ihn verhört, doch er hatte nichts zu berichten gehabt. Er hatte die Nacht in einem Wirtshaus in Phillipskill verbracht und sich mit Bier vollaufen lassen. Er erinnerte sich nicht, wann er die Kneipe verlassen hatte, wußte nicht mehr, wie er nach Hause gekommen war, hatte keine Ahnung, wo sein Wagen stand. Man fand ihn später im Gebüsch vor der Einfahrt zu *Broncehall.*
Hugo beantwortete die Frage des Sheriffs nicht gleich. Er rieb sich das ausladende Kinn, als hätte er Zahnschmerzen. »Mr. Hendrik ist tot«, quakte er dann heiser. »Oh, er ist tot!«

»Ich lasse zwei meiner Leute hier, bis meine Ermittlungen abgeschlossen sind«, verkündete Fleck, ehe er abfuhr. »Verlassen Sie das Haus nur, wenn Sie etwas aus der Stadt brauchen. Und wenn jemand etwas zu sagen hat, kann er sich an meine Beamten wenden. Ist das klar?«
Dann fuhr er ab.
Man hatte keine neuen Hinweise gefunden. Nirgends hatte der Täter Spuren hinterlassen. Sie saßen mit einem Mörder unter einem Dach. Der Inspektor fühlte sich herausgefordert.
Auch Jessies Bitten konnten ihn nicht dazu bewegen, dem Sheriff zu enthüllen, daß Jessie nicht die Frau war, für die der alte Bronx sie gehalten hatte.
»Ich kann nicht abfahren, bevor ich nicht weiß, wer den alten Knaben getötet hat, Jessie.«

7

Hendrik Bronx wurde seinem Wunsch gemäß in dem Familiengrab auf dem alten Besitz beigesetzt. Aus Anstand nahmen alle Gäste des Hauses an der Beerdigung teil und atmeten auf, als es vorüber war.

Sheriff Fleck erwartete die kleine Trauergemeinde im Salon, als sie zurückkehrte. Der Inspektor lächelte still vor sich hin. Der Sheriff hatte sich alle Mühe gegeben, nichts von dieser mysteriösen Geschichte an die Öffentlichkeit dringen zu lassen. In den Zeitungen hatte man nur von dem Tod des alten Hendrik Bronx berichtet. Von einem Mord war nichts erwähnt worden. Fleck hütete seinen Fall wie eine Glucke ihre Küken und wartete auf den großen Tag, da er vor versammelter Presse verkünden konnte, daß er allein ihn geklärt hatte.

»Setzen Sie sich, meine Herrschaften«, sagte Vaughn. »Ich nehme an, Sie sind alle an den letzten Worten des Verstorbenen interessiert.«

Er faltete das blaugebundene Testament auseinander.

»Ich, Hendrik Simon Bronx«, begann es, »unverheiratet, wohnhaft in der Gemeinde Phillipskill, Landkreis Westchester, im Staate New York, bestimme hiermit, im Vollbesitz meiner geistigen Kräfte, jedoch im Bewußtsein der Unsicherheit allen irdischen Lebens . . .«

Er hat das Testament also selbst diktiert, dachte der Inspektor. Es war der typische Stil des alten Mannes.

Vaughn las weiter, während das Abendessen serviert wurde. Als das Hauptgericht aufgetragen wurde, legte er eine Pause ein, um sich zu bedienen. Dann lachte er und las weiter.

»Ich vermache meinem Diener Hugo Zarbus mein Haus und meinen Landbesitz in der Gemeinde Phillipskill. Den Rest meines irdischen Besitzes hinterlasse ich DeWitt Alistair, Lynn O'Neill, Cornelia Openshaw, Keith Palmer, Jessie Sherwood und Hubert Thornton zu gleichen Teilen. Wenn innerhalb des Ablaufs von einem Monat nach meinem Tod ein gewisser Harding Boyle sich melden sollte, dessen Verbleib mir unbekannt ist, so soll mein Vermögen zu gleichen Teilen an die sechs obengenannten Erben und an Harding Boyle übergehen. Der Vollstrecker meines Testaments ist bevollmächtigt, den besagten Harding Boyle zu identifizieren und seinen

Anspruch zu prüfen. Hiermit bestelle ich zum Testamentsvollstrekker meinen Rechtsberater Vaughn J. Vaughn . . .«
Als Vaughn schwieg, blieb es einen Moment mäuschenstill. Dann sagte Queen: »Ein Prachtdokument, Vaughn. Was sind Sie eigentlich für ein Anwalt? Mit keiner Silbe wird auf eventuelle Verpflichtungen eingegangen. Über den Wert des Vermögens läßt man uns völlig im unklaren, und – das ist noch wichtiger – es wird nicht einmal erklärt, woraus dieses angebliche Vermögen besteht.«
»Ja, und wo es zu finden ist, steht auch nicht drin«, kreischte Cornelia Openshaw. »Sie haben das Testament aufgesetzt. Wo ist das Geld?«
Vaughn schenkte sich ein Glas Wein ein und zuckte die Achseln. »Das dürfen Sie mich nicht fragen, meine Gute.«
»Ich bin nicht Ihre Gute! Ich möchte schließlich wissen, was ich geerbt habe. Ich habe ein Recht darauf. Er hat Sie zum Vollstrecker bestellt. Sie müssen es doch wissen.«
»Ich weiß nur das, was in diesem Fetzen steht.«
Alistair zitterte. »Hören Sie, Vaughn«, sagte er mit tonloser Stimme. »Sie wissen, was hier auf dem Spiel steht . . .«
»Genau«, mischte sich Lynn ein. »Wollen Sie vielleicht behaupten, Mr. Bronx hätte Ihnen nicht verraten, wo sein Vermögen zu finden ist?«
»Bronx war ein störrischer alter Knabe. Er bestand darauf, das Testament Wort für Wort selbst zu diktieren. Als ich die üblichen rechtlichen Zusätze anfügen wollte, weigerte er sich, auf mich zu hören. Als ich ihn aufforderte, Auskunft darüber zu geben, woraus sein Vermögen besteht, wie es angelegt oder wo es zu finden ist, lachte er nur und rieb sich die Hände. Wenn Sie sonst noch etwas wissen wollen, meine Freunde, würde ich vorschlagen, Sie suchen eine Wahrsagerin auf.«
In diesem Augenblick kam ein Polizeibeamter ins Zimmer und flüsterte Sheriff Fleck etwas zu. Fleck stand schwerfällig auf und ging hinaus. Wenig später kehrte er mit zwei Männern zurück.
»Mr. Fluegle, Mr. Channing«, stellte Fleck vor. »Anwälte aus Phillipskill.« Er ließ sich wieder vor dem offenen Kamin nieder.
»Ich vertrete die Gläubiger des verstorbenen Hendrik Bronx in Phillipskill«, verkündete Mr. Fluegle mit asthmatischer Stimme.
»*Ich* vertrete die Gläubiger des verstorbenen Hendrik Bronx in Phillipskill«, erklärte Mr. Channing im Falsett.

Mr. Fluegle funkelte Mr. Channing an. »Sie haben offensichtlich keine Zeit verloren.«
»Das gleiche gilt für Sie«, zischte Mr. Channing.
»Meine Herren«, schaltete sich Vaughn ein, »ich bin der Testamentsvollstrecker des Verstorbenen. Machen wir's kurz: wieviel?«
Die beiden Anwälte präsentierten in schöner Einigkeit ihre Rechnungen. Vaughn blätterte die beiden Bündel durch. »Gas, Elektrizität, Haushaltswaren, Metzger, Bäcker und so weiter und so fort. Wieviel macht's zusammen?«
»Dreitausendfünfundzwanzig Dollar und elf Cent«, sagte Mr. Fluegle rasch.
»Viertausendvierhundertdreiundvierzig Dollar und dreizehn Cent«, verkündete Mr. Channing eilig.
Vaughn trank einen Schluck Wein und schob die Rechnungen von sich. »Sobald mich der eifrige Sheriff hier wegläßt, damit ich das Testament einreichen kann, werden die Außenstände in vollem Umfang beglichen werden. Vorausgesetzt natürlich, daß hinreichende Mittel vorhanden sind. Sonst noch etwas? – Hugo, führen Sie die ehrenwerten Herren hinaus.«
Hugo zwinkerte. Dann trat er auf die beiden Anwälte zu. Sie verließen die Räumlichkeiten mit beinahe unziemlicher Hast.
»Na, meine Herrschaften«, meinte Vaughn zynisch, »kein Kommentar?«
»O doch«, sagte Richard Queen. »Zunächst muß festgestellt werden, daß das Testament keinerlei Klauseln über die Instandhaltung des Hauses während der Wartezeit enthält. Die Geschäfte werden sich hüten, weiteren Kredit zu gewähren. Wenn wir hier wohnen wollen, brauchen wir aber Strom und Essen. Es wird uns nichts anderes übrigbleiben, als uns zusammenzutun.«
»*Wenn* wir bleiben«, bemerkte Cornelia Openshaw bitter. »Und wenn es Hugo nichts ausmacht. Es ist jetzt sein Haus.«
»Er weiß wenigstens, was er geerbt hat«, meinte Keith.
»Was Hugo geerbt hat«, sagte der Inspektor, »ist das zweifelhafte Eigentumsrecht an einem mit zwei Hypotheken belasteten Grundstück, das ich nicht mal geschenkt haben möchte. Nun, Hugo, macht es Ihnen etwas aus?«
Hugo blickte ihn furchtsam an. »Ob es mir etwas ausmacht, Mr. Queen?« echote er nervös. »Was denn?«

»Reine Zeitverschwendung, diesen Schwachkopf um seine Meinung zu fragen«, erklärte Vaughn. »Solange das Testament nicht den Amtsweg durchlaufen hat, sind seine Bestimmungen sowieso nicht gültig. Das wird mindestens sechs Monate dauern. Wenn Sie in den alten Kasten hier noch Geld hineinstecken wollen, soll's mir recht sein. Ich persönlich würde Ihnen raten, nach Hause zu fahren und zu warten, bis der Nachlaß geregelt ist.«
»Ein guter Rat«, versetzte der Inspektor, »doch Sie haben zwei Kleinigkeiten vergessen.«
»Und die wären?«
»Bronx wurde ermordet. Fleck wird uns nicht weglassen.«
Sheriff Fleck nickte.
»Und weiter?«
»Ich kann nicht glauben, daß Bronx nicht zumindest eine Andeutung über den Verbleib seines Vermögens gemacht hat.«
»Genau«, stimmte Dr. Thornton zu. »Er hat sich königlich damit amüsiert, uns am Gängelband herumzuführen. In seiner Bosheit hat er bestimmt irgendeinen rätselhaften Hinweis hinterlassen.«
»Haben Sie vor, uns übers Ohr zu hauen, Vaughn?« fragte Alistair mit gefährlicher Ruhe.
Vaughn schützte plötzlich Wundschmerzen vor. »Oh!« rief er mit schmerzverzogenem Gesicht. »Das Luftloch in meinem Rücken setzt mir ganz schön zu. Sind Sie sicher, daß Sie Ihre Lehrzeit nicht in einer Metzgerei abgeleistet haben, Doktor?«
»Sie können von Glück reden, daß Sie überhaupt auf den Beinen sind«, fuhr Thornton ihn an. »Versuchen Sie keine Ablenkungsmanöver. Was hat der Alte gesagt?«
»Nichts, sage ich Ihnen. Nichts von Bedeutung.«
»Aber er *hat* etwas gesagt!« rief Elizabeth Alistair wie aus der Pistole geschossen. »Was?«
Vaughn zuckte mit den Schultern und schnitt wieder eine Grimasse. »Er sagte, es wäre im Haus.«
»In diesem Haus?« rief Lynn.
»Ja.«
»Aber wo?« fragte Cornelia Openshaw.
»Das habe ich auch gefragt. Er schwieg sich aus.« Vaughn stand auf. »Doktor, mein Rücken macht mir wirklich zu schaffen. Haben Sie nicht eine Schmerztablette?«
»Ich wollte, ich hätte dem alten Hippokrates niemals Gefolgschaft

geschworen«, brummte Dr. Thornton. »Hugo, kommen Sie mit hinauf.«

Als Thornton wieder erschien, sagte der Inspektor: »Wir haben auf Sie gewartet, Doktor. Wir sind uns darin einig, daß etwas unternommen werden muß. Sheriff Fleck wird natürlich darüber das letzte Wort haben. Er hat sich aber bereit erklärt, uns wenigstens anzuhören. Nicht wahr, Sheriff?«
Flecks Augen gingen voller Argwohn in die Runde. »Ja«, sagte er dann. »Es kommt darauf an, was Sie beschließen.«
»Zunächst, scheint mir«, begann der Inspektor, »sollten wir eine gründliche Durchsuchung des Hauses vornehmen. Wenn Vaughn nicht gelogen hat, befindet sich das Vermögen des alten Bronx irgendwo im Haus. Eine solche Suche sollte aber nicht Amateuren überlassen werden. Sheriff, ich habe fünf alte Freunde und Kollegen, die sicher bereit wären, uns zu helfen. Wir könnten mit Hilfe Ihrer Leute ein Suchteam zusammenstellen: Sie, ich, Ihre Beamten und meine alten Freunde. Es sind alles ehemalige Polizeibeamte und froh, wenn sie etwas zu tun haben. Was halten Sie davon?«
Der Sheriff blickte ihn mit gewichtiger Nachdenklichkeit an.
»Und wenn Vaughn irgendwelche Mätzchen machen sollte«, fuhr der Inspektor mit heuchlerischer Hilflosigkeit hinzu, »dann werden Sie schon mit ihm fertig werden, Sheriff.«
»Okay«, sagte Fleck.

Sie durchsuchten das alte Haus vom Keller bis zum Boden. Sie suchten in jedem Winkel und in jeder Nische, in jedem Schrank und in jeder Kammer. Sie kehrten das Unterste zuoberst, leerten Schubladen aus, sezierten jede Matratze, hoben Teppiche und Brücken hoch, um nach verborgenen Falltüren zu forschen. Sie klopften Wände und Decken ab und kämpften sich durch das Gerümpel hindurch, das sich im Laufe vieler Jahre im Keller angesammelt hatte. Selbst Wassertanks, Ofenrohre und Rauchabzüge wurden bis in ihre Tiefen erforscht. Sie stellten Leitern auf, um in die riesigen Leuchter zu sehen. Sie nahmen den ganzen Gasherd auseinander. Sie durchkämmten die Bodenkammern. Sie entdeckten zwei Safes, die sich so leicht öffnen ließen wie Keksschachteln. Der eine enthielt eine Stahlkassette, in der sie einhundertsiebenundachtzig Dollar in kleinen Scheinen fanden. Der andere war leer. Sie maßen jedes

Zimmer aus, jede Wand, und verglichen die gefundenen Werte mit den Außenmaßen des Hauses. Es ließen sich keine Diskrepanzen feststellen.
»Nun«, meinte der Inspektor schließlich, »wir haben jedenfalls unser Bestes getan. Vielen Dank«, sagte er zu seinen Helfern. »Wundern Sie sich nicht, wenn Sie bald wieder von mir hören.«
Die fünf alten Männer schüttelten allen die Hände, sogar Sheriff Fleck, der überall im Weg gewesen war, und traten dann mit glücklichen Gesichtern den Rückzug an.
»Und jetzt?« fragte Jessie. Nach Hendrik Bronx' Tod hatte sie aufgehört, zur Abfahrt zu drängen. Statt dessen war sie dem Inspektor während der Haussuche ständig auf den Fersen geblieben, als wäre sie tatsächlich eine rechtmäßige Erbin. »Was machen wir jetzt?«
»Das Haus muß auseinandergenommen werden«, erklärte DeWitt Alistair kategorisch. Das Flair des Weltmannes war von ihm abgefallen. Jetzt war er ganz der gierige, habsüchtige Raubvogel, der nach der Beute lechzt.
»Meinen Sie das wörtlich?« erkundigte sich Dr. Thornton.
»Der alte Knacker sagte Vaughn, das Geld befände sich im Haus. Wir haben nichts gefunden, also muß es irgendwo einbetoniert sein.«
»Ja, vielleicht haben wir deshalb nichts entdeckt, als wir die Wände abklopften«, ließ sich Keith vernehmen.
»Es ist natürlich möglich«, brummte der Inspektor. »Ich hoffte allerdings, daß sich das umgehen lassen würde.«
Doch ein solches Unternehmen war mit Schwierigkeiten verbunden. Das Haus war Hugo hinterlassen worden. Und außerdem war es mit zwei Hypotheken belastet, die bei der *Phillipskill Savings and Loan Association* und der *Hudson Valley Trust Company of Tarrytown* aufgenommen worden waren. Vaughn wies darauf hin, daß die Hypothekengläubiger das erste Anrecht auf den Besitz hatten.
Der Präsident der Bank in Phillipskill und der Vizepräsident der Bank in Tarrytown wurden höflich zu einer Beratung eingeladen. Nach längeren Besprechungen gelangten die beiden Herren zu dem Schluß, daß das alte Haus keinen Marktwert besaß. Es würde sich schwerlich verkaufen lassen.
»Als wir das Darlehen ursprünglich gewährten«, führte der Präsident der Bank in Phillipskill aus, »war das Gebäude noch gut instand. Heute ist es völlig heruntergekommen und nach unserem

Ermessen wertlos. Früher oder später wird es doch abgerissen werden müssen, um wenigstens das Land, das im Wert beträchtlich gestiegen ist, nutzbar zu machen.«
»Sie haben also nichts dagegen einzuwenden«, faßte Richard zusammen, »daß das Haus abgerissen wird. Sie haben ja das Grundstück als Sicherheit. Für Sie wäre es wahrscheinlich sogar von Vorteil, wenn Sie sich mit Mr. Zarbus dahingehend einigen könnten, daß Sie Haus und Grundbesitz übernehmen und ihn entsprechend entschädigen.«
»Mr. Zarbus' Einverständnis ist selbstverständlich erforderlich«, meinte Mr. Claffey von der Bank in Tarrytown vorsichtig. »Ich glaube, daß wir es auf uns nehmen können, ihm eine angemessene Entschädigung zu zahlen. Was meinen Sie, Jacobus?«
Der Präsident der Bank in Phillipskill nickte. »Wären Sie damit einverstanden, Mr. Zarbus?« erkundigte er sich.
Mr. Zarbus konnte nicht folgen. Er starrte die beiden Männer offenen Mundes an.
»Ich werde die Sache übernehmen«, erklärte Vaughn kurz, und die Bankiers stimmten niedergeschmettert zu.
Sie zogen sich mit Vaughn und Hugo zurück, und als sie gingen, war am sauren Ausdruck der beiden Gesichter zu erkennen, daß Vaughn ein gutes Geschäft herausgeschlagen hatte. Er hatte es offensichtlich weniger Hugo zuliebe getan, als vielmehr um den Bankiers eins auszuwischen. Das Bankfach schien Vaughn noch verächtlicher zu finden als den Arztberuf.
Das nächste Problem auf der Tagesordnung war die Frage, wie die Abbrucharbeiten vonstatten gehen sollten.
»Es ist nicht nötig, das Haus bis auf die Grundmauern abzureißen«, meinte Inspektor Queen. »Es geht ja nur darum festzustellen, ob irgendwo ein Versteck zu finden ist. Die Wände müßten natürlich von Täfelung, Verputz und Mörtel freigelegt werden, und die Böden müßte man aufreißen. Die Ziegel in den Kaminen können herausgenommen werden, ohne gleich den ganzen Kamin zu demolieren. Das wird für uns zwar ungemütlich werden, doch wenigstens bleibt uns ein Dach über dem Kopf. Um Zimmer zu schaffen, können wir zur Not ja Decken aufhängen. Einverstanden?«
»Wenn nur nichts übersehen wird«, meinte Alistair.
Mehrere einschlägige Firmen wurden gebeten, Kostenvoranschläge zu unterbreiten. Man einigte sich auf die Firma Trafuzzi. Der ge-

schätzte Preis belief sich auf dreitausend Dollar.
»Hat einer von Ihnen dreitausend Dollar?« erkundigte sich Vaughn, konstruktiv wie immer.
Das Schweigen sprach Bände.
»Könnten wir nicht ein Darlehen aufnehmen?« meinte Keith schließlich.
»Auf wessen Namen?« höhnte Vaughn. »Alistair vielleicht?«
DeWitt Alistair schoß einen seiner tödlichen Blicke auf ihn ab.
»Wie steht's mit Ihnen, Doktor?« wandte sich der unverbesserliche Vaughn an Dr. Thornton. »Ihr Ärzte nehmt euren Patienten das Geld doch ab, wie ihr es braucht.«
Dr. Thornton lachte. Ohne Erheiterung. »Habe ich Ihnen meine Rechnung schon gestellt, Vaughn?«
Über den Arzt machte sich Richard Queen nun schon seit einiger Zeit seine eigenen Gedanken. Der Mann wirkte unruhig und nervös, als schlüge er sich mit einem unerfreulichen Problem herum.
»Wir haben doch die halbierten Tausenddollarnoten«, rief Lynn plötzlich.
Vaughn, der sich ihr gegenüber seit dem Abend, als er den K.o.-Schlag empfangen hatte, relativ gesittet benommen hatte, zwinkerte. »Eine halbe Tausenddollarnote ist keinen roten Heller wert, meine Schöne.«
»Moment mal«, brummte der Inspektor. »Keine schlechte Idee. Die Scheine hatte ich ganz vergessen.«
»Ich sage Ihnen doch . . .«
»Halten Sie den Mund!« fuhr der Inspektor ihn an. »Ich möchte die sechs halbierten Scheine mal nebeneinander sehen.«
»Warum?« rief Elizabeth Alistair argwöhnisch.
»Das werden Sie gleich merken.«
Wie vorauszusehen gewesen war, trugen die noch immer hoffnungsvollen Erben ihre halbierten Geldscheine treu bei sich.
»Legen Sie die Scheine bitte auf den Tisch.«
Vaughn reckte neugierig den Hals.
Der Inspektor schob die Banknoten versuchsweise hin und her, offensichtlich bemüht festzustellen, ob die gezackten Enden ineinanderpaßten. Als er schließlich zurücktrat, herrschte beklommenes Schweigen. Auf dem Tisch lagen drei Eintausenddollarnoten.
»Dieser Gedanke kam mir schon, als wir bei der Durchsuchung des Hauses keine Scheine fanden, von denen Bronx gesprochen hatte«,

bemerkte der Inspektor. »Der alte Halunke hat einfach drei Scheine auseinandergeschnitten und jedem von uns eine Hälfte geschickt. Statt sechstausend hat ihn der Spaß nur dreitausend Dollar gekostet.«
»Betrug!« rief Cornelia Openshaw schrill.
»Er war ein Lügner und Betrüger«, erklärte Dr. Thornton. »Wenn nicht gar Schlimmeres.« Und mit überraschender Heftigkeit setzte er hinzu: »Es ist weiß Gott nicht schade um ihn.«
»Auf jeden Fall haben wir jetzt dreitausend Dollar«, stellte Lynn fest. »Genau das Geld, das wir brauchen. Komisch eigentlich. Es ist fast so, als hätte Mr. Bronx das alles vorausgesehen.«
»Wundern würde es mich nicht«, brummte Keith.
Bevor Mr. Trafuzzi mit seinen Leuten anrückte, galt es, ein Notquartier zu finden. Die Aussicht, im Freien zu nächtigen, schien keinem sehr verlockend. Richard Queen hatte schließlich einen Einfall. Da nur das Wohnhaus selbst betroffen sei, meinte er, könnte man doch in die alte Wagenremise übersiedeln. Im oberen Stockwerk des alten Gebäudes befanden sich fünf winzige Zimmerchen. Nachdem man sie notdürftig vom Staub der Jahrhunderte, von Spinnweben und toten Insekten gereinigt hatte, machte man es sich mit Hilfe geliehener Feldbetten so bequem wie möglich. Lynn teilte ein Zimmer mit Cornelia Openshaw, Keith zog mit Dr. Thornton zusammen, Vaughn mit Hugo, und die beiden anderen Zimmer wurden den Alistairs und den Queens zugeteilt. Die Frauen würden eben vorläufig im Freien kochen müssen.
Am Nachmittag rückten Trafuzzi und seine Leute an. Wenig später tauchten auch die treuen Freunde des Inspektors auf. Sie waren mit Betonbohrern, einem Metalldetektor und Hacken und Schaufeln ausgerüstet. Während Trafuzzis Leute das Innere des Hauses in Angriff nahmen, hoben die fünf Männer fein säuberlich rund um das Haus einen tiefen Graben aus und horchten mit ihrem Detektor die Grundmauern ab. Dann beschlagnahmten sie den Keller und setzten dort mit geübter Gründlichkeit die Sucharbeiten fort.
Doch am folgenden Nachmittag mußten die eifrigen Schatzgräber unverrichteter Dinge wieder abziehen. Die Suche war erfolglos geblieben.
Am Abend übersiedelten die enttäuschten Erben wieder in das alte Haus, das jetzt mehr denn je einer traurigen Ruine glich.
»Das Geld muß doch hier sein«, knirschte Alistair erbittert.

»Ich hoffe . . .«, begann Dr. Thornton und brach ab.
Mrs. Alistair starrte mit gefrorener Miene in das lodernde Feuer des offenen Kamins und schwieg verbissen.
Noch zwei Tage fehlten bis zum Ablauf der von Hendrik Bronx gesetzten Frist von einem Monat.

8

Sie warteten, ohne zu wissen, worauf. Gewiß, der Tag der Versteigerung rückte näher, doch was war da schon zu erwarten? Die Schulden des Verstorbenen beliefen sich auf rund siebentausendfünfhundert Dollar, und wenn erst der Nachlaß geordnet war, würde sich wahrscheinlich herausstellen, daß das nicht die einzigen Verpflichtungen waren. Dennoch zog das alte Haus sie alle an wie ein Magnet.
Keith Palmer und Lynn O'Neill allerdings fühlten sich weniger von dem alten Haus gefesselt als vielmehr von dem tiefen Interesse, das sie füreinander empfanden. Und diese Zuneigung zwischen den jungen Leuten beschwor ein neues Ereignis herauf.
Dr. Thornton war von Tag zu Tag wunderlicher geworden. Er unternahm plötzlich lange einsame Spaziergänge, den Kopf gebeugt, die Stirn gefurcht, wie ein Philosoph, der an den Geheimnissen des Universums rätselt. Und er schien immer niedergeschlagener zu werden. Rührte diese tief melancholische Stimmung von der Tatsache her, daß es noch immer nicht gelungen war, den verborgenen Schatz des alten Bronx zu heben? Der Inspektor konnte es nicht glauben. Das trug vielleicht zu der unglückseligen Stimmung des Arztes bei, doch gewiß war es nicht der einzige Grund. Nein, es mußte etwas anderes sein.
Was es war, wurde ihnen am Abend vor der Versteigerung enthüllt. Richard und Jessie, die ihren üblichen Verdauungsspaziergang machten, fanden Dr. Thornton im Wald auf einem Felsbrocken sitzend vor, das Kinn in die Hand gestützt. Er hatte seine äußere Erscheinung in den letzten Tagen völlig vernachlässigt. Das ergraute Haar war lang und ungepflegt, der rote Schnauzbart struppig. Rote Bartstoppeln bedeckten das Gesicht.
»Oh«, rief er leise, als er die Queens bemerkte, und stand unsicher

auf.
»Hallo!« rief Richard und wollte weitergehen. Doch Jessie sagte: »Kommen Sie doch mit, Doktor. Es ist ein wunderschöner Abend für einen Spaziergang. Oder sind Sie lieber allein?«
»Guter Gott, nein«, versetzte Thornton und gesellte sich zu ihnen. Schweigend trottete er neben dem Ehepaar her. Jessie gab sich alle Mühe, ihn ins Gespräch zu ziehen, doch es gelang ihr nicht, ihn aus seiner grüblerischen Stimmung zu reißen. Schließlich gab sie auf. Stumm marschierten die drei Menschen nebeneinander her.
Und dann stießen sie ganz unerwartet auf Keith und Lynn. Die beiden jungen Menschen lagen im Gras am Wasser und umarmten sich leidenschaftlich. Instinktiv wandten sich Richard und Jessie ab, in der Erwartung, daß Dr. Thornton es ihnen gleichtun würde. Doch zutiefst betroffen hörten sie, wie der Arzt ein ersticktes »Nein!« ausstieß. Dann sprang er vor. »Nein«, rief er wieder. »Bitte, lassen Sie das.«
Jessie wäre am liebsten in den Erdboden versunken. Lynn und Keith sprangen auf und blickten sich verwirrt um. Mit verlegener Bewegung glättete Lynn ihren Rock.
»Ich – wir wollten –, wir wollten frische Luft schnappen«, stammelte Keith.
»Ein – ein so schöner Abend«, stotterte Lynn.
»Ich muß Sie um Entschuldigung bitten«, sagte Dr. Thornton. Er keuchte, als litte er an einem asthmatischen Anfall. »Verzeihen Sie mir. Aber Sie haben ja keine Ahnung. Sie können es nicht wissen. Nichts hätte mich dazu gebracht, nichts . . .« Und wieder brach er ab, als hielte er es für weiser, sich wieder hinter die Mauern des Schweigens zurückzuziehen. Dann sagte er mit großer Anstrengung: »Das ist schon zu weit gegangen. *Ich* bin zu weit gegangen. Ich kann nicht mehr zurück jetzt. Sie werden mir vergeben, wenn Sie hören, was ich zu sagen habe. Ich glaube, es ist besser, wir kehren zum Haus zurück. Das geht uns alle an, ob Sie es glauben oder nicht.«
Jessie konnte sich später nicht mehr klar an den Rückmarsch zu der alten Ruine erinnern, doch sie hörte noch immer das Knirschen des Kieses unter eiligen Schritten. In dem verwüsteten Salon ließ sie sich in einen Sessel sinken. Auf ihrer Schulter spürte sie den beruhigenden Druck von Richards Hand. Lynn glättete noch immer mit fliegenden Fingern ihren Rock. Keith wischte sich immer wieder

über seinen sauberen Anzug. Beide waren blaß vor Ärger und Verlegenheit.
»Miss O'Neill«, begann Dr. Thornton mit der Entschlossenheit und Festigkeit eines Menschen, der seinen Weg eingeschlagen hat und nicht bereit ist, von ihm abzuweichen. »Miss O'Neill – oder Lynn, wenn ich Sie so nennen darf –, Sie und Keith werden zunächst nicht verstehen, warum ich vor aller Öffentlichkeit von Ihren ganz persönlichen Gefühlen sprechen muß. Doch glauben Sie mir, Sie werden mir vergeben.
Es hat mich sehr bekümmert«, fuhr er fort, »wirklich sehr bekümmert, mit ansehen zu müssen, wie sich Ihre Freundschaft entfaltete. Ich wollte mich nicht einmischen. Ich hoffte, dies alles würde sich vermeiden lassen . . .«
»Was geht Sie das überhaupt an, Doktor?« fragte Keith verärgert. »Lynn und ich haben aus unserem Interesse füreinander kein Geheimnis gemacht. Sie reden ja fast so, als hätten wir ein Verbrechen begangen.«
»Das hätten Sie beinahe auch getan.«
»In welchem Jahrhundert leben Sie eigentlich, Doktor?«
»Nein, nein, Sie mißverstehen mich . . .«
»Ich kann noch immer nicht fassen, daß ein sympathischer und vernünftiger Mann wie Sie sich so hinreißen lassen kann, Dr. Thornton«, sagte Lynn mit sehr beherrschter Stimme. Doch Jessie sah, daß ihre Hände zitterten. »Ich nehme an, Sie beziehen sich auf die Tatsache, daß es eine Mrs. Palmer gibt und einen kleinen Jungen namens Sam. Nun, ich weiß alles darüber. Keith hat es mir erzählt.«
»Ich weiß nicht, wovon Sie sprechen, Lynn. Wenn Keith verheiratet ist und ein Kind hat, so ist mir das neu.«
»Und es geht Sie auch nichts an«, knurrte Keith.
»Bitte, Keith, lassen Sie mich fortfahren. Die Tatsache, daß Sie verheiratet sind und mit dem Gedanken an Scheidung spielen, um Lynn heiraten zu können, falls das Ihre Absicht sein sollte . . .«
»Genau das ist seine Absicht«, fuhr Lynn scharf dazwischen. »Ja, Doktor, genau das ist seine Absicht. Nicht wahr, Keith?«
»Äh«, sagte Keith, »ja. Ja, natürlich. Was weiter?«
»Diese Tatsache«, fuhr der Arzt fort, »ändert nichts an dem, was ich zu sagen habe. Kann ich also fortfahren?«
Das junge Paar wechselte einen Blick. Ihr Ärger war verflogen. Sie

schienen ratlos.
»Na schön, Doktor«, meinte Keith, und es klang, als wappne er sich gegen irgend etwas. Lynn bemerkte es. Ein Schatten huschte über ihr Gesicht.
Der Arzt begann im Raum auf und ab zu wandern, bemüht seine Gedanken zu ordnen. Die Alistairs wirkten beunruhigt, Vaughn hellwach, Cornelia Openshaw gierig, als hätte sie ein schmutziges Buch aufgetan.
»Ich weiß kaum, wie ich anfangen soll«, murmelte Dr. Thornton wie zu sich selbst. Dann fuhr er abrupt fort: »Wir alle sind seit unserer Ankunft hier von Geheimnissen umgeben gewesen – genauer gesagt, von drei Rätseln. Erstens: Warum erwählte Bronx sechs Menschen, die er nicht kannte, die er nie zu Gesicht bekommen hatte, zu seinen Erben? Zweitens: Existiert das Millionenvermögen überhaupt? Und wenn ja, in welcher Form und wo? Und drittens: Wer unter uns hat ihn getötet?«
Der Inspektor nickte. Thornton hatte recht. Dies waren die Fragen, die es zu lösen galt.
»Ich bin kein Detektiv«, sprach der Arzt weiter. »Ich kann die zweite und die dritte Frage nicht beantworten. Doch leider kann ich wesentlich zur Erhellung der ersten beitragen.«
Hugo hatte im offenen Kamin ein Feuer angesteckt. Der Schein der Flammen fing sich in matt schimmernder Bronze und verzerrte den Schatten des Arztes ins Groteske.
»Seit Tagen bin ich mit mir zu Rate gegangen, habe überlegt, ob ich Ihnen mitteilen soll, was ich weiß. Ich weiß es seit jenem Abend, als der alte Bronx uns erzählte, daß sein Taufname Simon sei, nicht Hendrik. Heute abend«, sagte er und streifte Lynn und Keith mit einem Blick, um sich gleich darauf mit verzweifelter Gebärde abzuwenden, »heute abend griff das Schicksal ein. Ich konnte nicht zulassen, daß Ihre Freundschaft sich weiter vertiefte. Kurz vor ihrem Tode machte mir meine Mutter ein Geständnis. Ein Leben lang hatte sie ihr Wissen für sich behalten, hatte nicht einmal meinen Vater ins Vertrauen gezogen – den Mann, den ich für meinen Vater hielt. Er war nämlich in Wirklichkeit nicht mein Vater. Und meine Mutter nannte mir den Namen des Mannes, dessen Sohn ich war.«
Dr. Thornton hielt inne.
»Und wer war es, Dr. Thornton?« fragte der Inspektor, als hätte er

es nicht längst erraten.
»Simon Bronx, der Mann, den Sie als Hendrik Bronx kennen.« Und mit großer Hast, als wollte er endlich zur Ruhe kommen, fuhr der Arzt fort: »Sie sehen jetzt sicher ein, was das bedeutet. Die einzig sinnvolle Erklärung für diese späte Laune von Hendrik Bronx, sechs Leute, die er nicht kannte und nie gesehen hatte, zu seinen Erben zu machen, kann nur darin zu suchen sein, daß Sie – genau wie ich – ebenfalls seine außerehelichen Kinder sind. Und dies, so tief ich es bedaure, dies sagen zu müssen, schließt auch Sie, Lynn, ein und Sie, Keith. Sie sind blutsverwandt.«
Seine sensiblen Hände, die er in einer Gebärde der Beschwörung emporgestreckt hatte, fielen schlaff herunter.
Die Stunde der Wahrheit war vorüber.
Lynn O'Neill schien nicht zu begreifen. Jessie las in dem Gesicht des Mädchens wie in einem Buch. Erst erbleichte sie – Schock, völliges Unverständnis. Dann schien ein glasiger Schimmer, wie bei einer Toten, sich über ihre Augen zu legen. Und schließlich kam das Begreifen. Und mit ihm Entsetzen, Scham und Ekel.
Lynn stieß einen markerschütternden Schrei aus und floh. Keith eilte ihr nach. Und zu Jessies Erstaunen folgte Richard dem jungen Mann auf dem Fuß.

Mit geschlossenen Augen, hin und her gerissen zwischen ihrem Mitleid für Lynn und ihrer Dankbarkeit dafür, daß sie nicht die Jessie Sherwood war, die Bronx gesucht hatte, saß Jessie da, während ringsherum erregte Stimmen einander zu übertönen suchten. Cornelia Openshaw wies mit schrillem Kreischen die bloße Vermutung von sich, daß ihr hochverehrter Vater ein gehörnter Ehemann gewesen sein könnte. DeWitt Alistair weigerte sich unter gotteslästerlichen Flüchen, auch nur die Möglichkeit in Betracht zu ziehen, daß seine Mutter einen Fehltritt begangen haben könnte. Und Dr. Thornton wiederholte unermüdlich, daß nur dies die Erklärung für Simon Bronx' Entschluß gewesen sein könnte, sie alle zu Erben einzusetzen.
Allmählich ebbte die allgemeine Erregung ab, und dann tauchte unvermutet Queen wieder auf, gefolgt von Lynn O'Neill und Keith Palmer. Es war unglaublich – sie schienen plötzlich ganz unbekümmert. Lynn war wieder zum Leben erwacht. Sie schien verwirrt, doch sie lebte. Und Keith sah aus wie der sprichwörtliche Ge-

fangene, der soeben begnadigt worden ist. Die beiden standen Seite an Seite und hielten sich an den Händen.
Der Inspektor schritt energisch zur Mitte des Zimmers und sagte: »Dr. Thornton!«
»Ja?« Thornton hob den Kopf.
»Ich glaube nicht daran, daß der alte Simon Bronx mit jeder Frau, die seinem Bruder Hendrik die kalte Schulter gezeigt hatte, ein Liebesverhältnis hatte. Das wäre zuviel des Zufalls.«
»Genau das habe ich ihm auch schon gesagt«, schrie Alistair.
»Nehmen Sie beispielsweise Ihre eigenen Eltern, Alistair. Wes Polonsky, der in meinem Auftrag Nachforschungen anstellte und herausfand, daß der alte Hendrik Bronx von Ihrem Vater wegen einer hohen Spielschuld an den Rand des Ruins getrieben wurde, hat später in Erfahrung gebracht, daß der jüngere Bronx – also Simon – etwa zur selben Zeit wie Ihre Mutter dem alten Tennisklub angehörte. Dennoch weist nichts darauf hin, daß die beiden einander kannten.«
»Das besagt noch gar nichts«, bemerkte Dr. Thornton.
»Sicher, Doktor. Doch ich habe, Gott sei Dank, allen Grund zu der Annahme, daß Simon Bronx niemals in Wyoming war. In diesem einen Fall wenigstens können wir mit beinahe hundertprozentiger Sicherheit sagen, daß Ihre Theorie nicht zutrifft. Erinnern Sie sich, Miss O'Neill? Was fragte ich Sie, als ich Ihnen vorhin hinausfolgte?«
»Ob meine Mutter jemals anderswo als in Wyoming gelebt hätte«, antwortete Lynn träumerisch.
»Und wie lautete Ihre Antwort?«
»Daß sie dort geboren wurde und dort starb. Sie hat ihr ganzes Leben dort verbracht.«
»Damit wäre also Ihre Theorie widerlegt, Doktor. In Ihrem Fall müssen wir sie als zutreffend akzeptieren, da Ihre Mutter selbst es Ihnen auf dem Sterbebett gestand. Doch ich sehe keinen Anlaß, das auch auf die anderen Anwesenden auszudehnen.«
»Warum hat uns Bronx dann aber herbestellt?« rief Thornton hartnäckig. »Warum ernannte er uns zu seinen Erben?«
»Weil er sich einbildete, er wäre Ihrer aller Vater. Der alte Mann war senil, Doktor. Sie haben ja selbst mit angesehen, wie er sich verhielt. Er war vielleicht ein Grenzfall – manches hatte er noch ganz klar im Kopf, anderes hatte sich in seiner Phantasie verzerrt und verscho-

ben. In seiner Erinnerung mischten sich die Erlebnisse seines Bruders mit seinen eigenen, er machte sie sich zu eigen. Ich bin kein Psychologe, Doktor, aber ich möchte wetten, daß Simon in jenem Augenblick, als er den Namen seines älteren Bruders annahm, auch anfing, sich mit seinem älteren Bruder zu identifizieren. Er lebte in einem Wahn zwischen Traum und Wirklichkeit.«

»Möglich«, gestand Dr. Thornton zu, doch er schien nicht überzeugt. »Sie haben bis jetzt jedenfalls nur festgestellt, daß von uns sechs Lynn die einzige ist, auf die meine Theorie nicht zutrifft, Inspektor.«

»Auf mich trifft sie auch nicht zu«, erklärte Alistair.

»Sagen wir, in Ihrem Fall ist es zweifelhaft, Alistair. Und übrigens, Lynn, ich bin überglücklich, daß sich die Sache so entwickelt hat. Damit ist wenigstens ein Hindernis beseitigt, das zwischen Ihnen und Keith stand.«

»Ja«, sagte Lynn. »O ja.«

»O ja?« zischte Cornelia. »Und was wird aus der Frau und dem Kind? Kein Hindernis? Solche Schamlosigkeit ist mir noch nie vorgekommen. Mr. Palmer, Sie können sich darauf verlassen, daß ich Ihre Frau unterrichten werde.«

Mr. Palmer hüllte sich in Schweigen.

»Richtig, meine Schöne«, ließ Vaughn sich spöttisch vernehmen. »Geben Sie's ihnen nur.« Er stand auf, reckte seine Glieder und gähnte vernehmlich. »Wie steht es eigentlich mit dem Essen? Ich habe einen Bärenhunger.«

Glücklicherweise tauchte in diesem Moment Hugo auf.

»Das Abendessen«, verkündete der Erbe von *Broncehall* mit dröhnender Baßstimme, »ist aufgetragen.«

Das Abendessen war aufgetragen, doch es war fast ungenießbar. Nur Vaughn zeigte Appetit. Nach dem Kaffee zogen sich alle eiligst in ihre deckenverhangenen Gemächer zurück.

»O Richard«, wisperte Jessie, »ich bin so stolz auf dich.«

»Hm?«

»Ich meine, weil du diese gräßliche Situation zwischen Lynn und Keith geklärt hast. Das arme Kind. Sie war ganz verstört. Ich könnte dir um den Hals fallen.« Und Jessie ließ dem Wort die Tat folgen.

Das war nicht unerfreulich. Trotzdem brummte er, wie sich das nun einmal für einen Mann gehört, der ernstere Dinge im Kopf hat. »Es

gibt Wichtigeres zu überlegen – Okay«, überlegte er laut in der Dunkelheit. »Einer mindestens ist der uneheliche Sproß von Hendrik Simon Bronx. Vielleicht noch andere. Der alte Knabe bildete sich aber offenbar tatsächlich ein, diese sechs Menschen wären seine leiblichen Nachkommen. Damit ist erklärt, warum er sie eingeladen und zu seinen Erben ernannt hat. Wie aber finden wir die Antworten auf die anderen Fragen?«
»Richard, wohin gehst du?«
»Ich werde jetzt die Remise durchsuchen. Das hätten wir schon längst tun sollen. Vielleicht hat der alte Halunke Vaughn belogen, als er behauptete, das Vermögen wäre im Wohnhaus versteckt.«
Der Inspektor verbrachte die halbe Nacht in der Remise.
Er fand nichts.

9

»Keller ist mein Name. Guten Morgen«, sagte der Mann mit der langen Nase. Der Auktionator war Vaughn von Sheriff Fleck empfohlen worden. Er wirkte ausgesprochen verschlafen. Doch der Inspektor ließ sich davon nicht täuschen. »Wir warten lieber noch ein Weilchen«, meinte Keller aufgekratzt. »Ein bißchen dünn gesät, die Interessenten.« Er lachte.
Keiner teilte seine zuversichtliche Stimmung.
Der größte Teil des beweglichen Inventars von *Broncehall* war vor das Haus hinausgetragen worden. Obwohl die Sonne vom Himmel lachte, war die Szene trübe, und die Menschen blickten mißmutig drein. Nicht einmal die Tatsache, daß der gewisse Harding Boyle nun als Erbe nicht mehr in Frage kam, da ja die Frist abgelaufen war, vermochte die Versammelten aufzuheitern. Das Vermögen war noch immer nicht gefunden.
Zur Versteigerung hatten sich einige Antiquitätensammler eingefunden. Die wenigen Leute aus der Nachbarschaft schienen mehr von Neugier getrieben als von dem Wunsch, ein Stück aus dem Nachlaß von Hendrik Bronx zu erwerben. Die Presse war gar nicht vertreten; dafür aber die gesamte Polizei von Phillipskill. Natürlich waren die beiden Anwälte zugegen, die die Gläubiger des alten Bronx vertraten, und die Bankiers Jacobus und Claffey. Ein wenig

abseits von den verschiedenen Gruppen, die sich inzwischen gebildet hatten, stand ein kleiner Mann mit wieselflinken, aufmerksamen Augen, den niemand zu kennen schien. Der Inspektor musterte ihn interessiert. Er hatte den Eindruck, als wäre der Unbekannte in dienstlicher Eigenschaft da.

»Sieht so aus, als wären wir vollzählig«, riß die laute Stimme Kellers den Inspektor aus seinen Gedanken. »Dann fangen wir an.« Geschwind bestieg er das provisorische Podium und hob den ersten Gegenstand hoch. »Hier haben wir das erste Stück, meine Herrschaften. Einen alten holländischen Hocker aus dem Jahre 1780. Eine echte Antiquität. Die Bronzierung ist jederzeit leicht zu entfernen. Ein sehr schönes Stück, meine Damen und Herren. Wer bietet fünfzig Dollar – fünfzig Dollar – jemand für fünfzig . . .«

»Zwei Dollar«, sagte eine Frauenstimme vernehmlich.

»Sie belieben zu scherzen, meine Dame. Wer bietet fünfundvierzig? Fünfundvierzig Dollar, meine Herrschaften!«

Der Auktionator hielt gequält inne. Alle Köpfe hatten sich von ihm abgewandt. Ein knallroter Lieferwagen brauste mit ohrenbetäubendem Hupen um die Ecke. Gleich darauf kam das Fahrzeug mit quietschenden Bremsen zum Stehen. Ein bulliger Mann mit rotem Gesicht sprang heraus. Wie ein Stier, der seinen Angreifer auf die Hörner nehmen will, rannte er auf Keller zu.

»Warten Sie!« schrie er. »Warten Sie!«

Sheriff Fleck griff ein. Nach einem kurzen Wortwechsel mit dem Mann stellte er ihn Vaughn vor. Er war ein gewisser Mr. Sidney Sloan, seines Zeichens Bauunternehmer.

»Unterhalten Sie sich mit Mr. Vaughn, Sid«, sagte der Sheriff. »Er ist der Testamentsvollstrecker.«

»Okay«, meinte Vaughn. »Worum geht's?«

»Der alte Bronx schuldet mir noch einen Haufen Geld«, schrie der Bauunternehmer erbost. »Ich bin eben erst von einer Kreuzfahrt in der Karibischen See zurückgekommen und hatte keine Ahnung, daß der Alte gestorben ist. Blasen Sie sofort die Versteigerung ab, und zahlen Sie mir mein Geld!«

»Hören Sie erst mal auf, mir mit Ihren Papieren vor der Nase herumzuwedeln«, fuhr Vaughn ihn an. »Was ist das überhaupt?«

Es stellte sich heraus, daß der alte Hendrik Bronx einige Jahre zuvor der Firma Sloan den Auftrag gegeben hatte, zusätzlich Stahlstützen und Pfeiler einzubauen, um einem möglichen Einsturz des Hauses

vorzubeugen. Nach Fertigstellung der Arbeiten hatte der alte Bronx den Bauunternehmer mit einer Anfangszahlung von fünfhundert Dollar abgespeist und nie wieder von sich hören lassen.
»Insgesamt schuldet er mir noch fünftausend Dollar«, erklärte Sloan. »Und das Geld will ich auf der Stelle haben.«
Nachdem Vaughn sich über die Richtigkeit der Papiere Gewißheit verschafft hatte, versetzte er spöttisch: »So einfach ist das nicht, mein Freund.«
»Augenblick mal«, mischte sich plötzlich Inspektor Queen ein, der Vaughn über die Schulter gespäht hatte. »Was steht denn da von einer Kaminreparatur? Davon erwähnten Sie ja gar nichts, Mr. Sloan?«
»Das ist nur der Voranschlag. Mr. Bronx meinte später, es wäre ihm zu teuer. Er hat die Kamine dann doch nicht reparieren lassen. Ich habe nur die Stahlverstärkungen eingebaut. Der Alte hat mich ganz schön auf den Leim geführt«, stellte er bitter fest. »Also Mr. Vaughn, krieg' ich jetzt mein Geld?«
»Sie kommen dran, wenn Sie an der Reihe sind«, erwiderte Vaughn.
»Ich will mein Geld haben«, schrie Sloan entrüstet.
Vaughn zuckte mit den Schultern. »Nehmen Sie sich einen Anwalt. Das wär's.«
Damit ließ er den Bauunternehmer einfach stehen.
Die Auktion hatte ihren Fortgang genommen. Jetzt pries Keller mit marktschreierischer Gebärde einen abgewetzten Teppich aus der Kolonialzeit an. »Ein echtes Stück, meine Damen und Herren. Einhundertfünfzig Dollar? Wer bietet einhundertfünfzig?«
»Wieviel hat der Hocker gebracht?« erkundigte sich der Inspektor bei Jessie.
»Dreieinhalb Dollar. Richard, das Zeug ist überhaupt nichts wert.«
»Scheint jemand besonders interessiert?«
»Der kleine Mann da.« Jessie deutete auf den Fremden mit den Wieselaugen. Er war also doch nicht in amtlicher Eigenschaft hier. Eben ging auch der Teppich an ihn. »Verkauft an Mr. Phil G. Garrett für dreiundzwanzig Dollar«, verkündete Keller und wandte sich dem nächsten Stück zu.
Der Inspektor musterte den seltsamen Mr. Garrett scharf. Er wurde sehr nachdenklich. Dann begann er, rastlos auf und ab zu wan-

dern.
Eine Reihe von Teppichen in allen Größen und Ausführungen wurden angeboten und losgeschlagen. Dann kam ein altes Service, zum größten Teil angeschlagen; dann ein Satz Töpfe und Pfannen. Und alles ging an den kleinen Mr. Garrett. Keller hob den nächsten Gegenstand hoch, als Queen abrupt stehen blieb und wild mit dem Arm in der Luft herumwedelte.
Der Auktionator brach mitten in seinem Singsang ab und funkelte den Inspektor empört an. »Was soll das?« rief er. »Ich habe ja den Gegenstand noch gar nicht beschrieben.«
»Abbrechen«, schrie der Inspektor. »Brechen Sie die Auktion ab!«

Er versammelte die niedergedrückten Erben in dem nackten alten Haus um sich. Keller ließ sich indessen in dem alten Ohrensessel von Hendrik Bronx nieder, der draußen auf dem Rasen stand. Verzweifelt wischte sich der Auktionator die Stirn. Sheriff Fleck gesellte sich zur Gruppe der Erben und schickte unheildrohende Blicke in die Runde.
»Ich glaube, ich habe des Rätsels Lösung gefunden«, verkündete der Inspektor. »Eine der Fragen, vor die wir uns gestellt sahen, lautete: Existiert das Vermögen überhaupt, und wenn ja, in welcher Form und wo? Ich glaube, daß das Vermögen vorhanden ist, und ich glaube, ich weiß zumindest, in welcher Form.«
Erregte Stimmen schrien auf ihn ein.
»Moment, Moment!« Er hielt beschwichtigend die Hand hoch, während Jessie voller Bewunderung zu ihm aufblickte. »Vor einigen Jahren holte sich der alte Bronx diesen Bauunternehmer, um zusätzliche Stahlstützen einbauen zu lassen. Bronx erklärte, er hätte Angst, das Haus könnte einstürzen.«
»Na und?« meinte Keith Palmer. »Das wäre doch gar nicht verwunderlich. Der alte Kasten hat mindestens zweihundert Jahre auf dem Buckel.«
»Oh, ich will gar nicht bezweifeln, daß das erforderlich war. Es hat mich deshalb auch nicht gewundert, als ich die relativ neuen Verstrebungen und Pfeiler sah, die Trafuzzi und seine Leute bei ihren Arbeiten bloßlegten. Ich nahm einfach an, das Haus hätte gestützt werden müssen. In seinem Voranschlag jedoch gebrauchte Sloan die Wendung ›zusätzliche‹ Verstrebungen und Pfeiler. Warum ›zusätzlich‹?«

»Aber, Inspektor«, ließ sich Lynn vernehmen. »Das ist doch klar. Zur Unterscheidung von den ursprünglichen Pfeilern. Was sollte es sonst bedeuten?«
»Ich kann Ihnen wirklich nicht folgen«, bemerkte Alistair stirnrunzelnd.
»Hören Sie mich erst einmal an. Könnte es nicht sein, daß der alte Bronx in seinem Haus etwas untergebracht hatte, dessen Gewicht die Tragfähigkeit der ursprünglichen Pfeiler und Stützen weit überstieg?«
Der Inspektor legte eine Pause ein. Er wirkte geheimnisvoll wie Ellery.
»Ich verstehe kein Wort«, erklärte Cornelia Openshaw.
»Ich auch nicht«, versetzte Dr. Thornton.
»Wir sind auf der Suche nach einem verborgenen Schatz, oder nicht? Nun, vielleicht haben wir vor lauter Bäumen den Wald nicht gesehen?«
»Worauf wollen Sie hinaus, Inspektor?« fragte Mrs. Alistair gereizt.
»Wenn man sich ein Vermögen von sechs Millionen Dollar vorstellt, dann denkt man an Papiergeld, an Wertpapiere, an Aktien, Schmuck und Juwelen – lauter leichte Dinge. Doch wenn nun das Vermögen viel schwergewichtiger ist? So schwergewichtig, daß man deshalb extra Stützen und Träger anbringen . . .«
»Gold!« rief Keith. »Mein Gott, Sie könnten recht haben.«
Hugo riß die Augen auf. Lynn klatschte in die Hände. »Sechs Millionen Dollar in Gold!«
»In Gold?« krächzten Alistair und seine Frau, heiser vor Erregung.
»Gold!« kreischte Cornelia Openshaw.
»Gold«, murmelte Dr. Thornton.
»Gold?« Das war Sheriff Fleck, dem der Mund offenstehen blieb.
»Ja, Gold.« Der Inspektor nickte. »Und was ist uns allen an diesem Haus aufgefallen?«
»Die Bronze!« schrien sie alle wie aus einem Mund.
Sie stürzten sich auf den armen Hugo. Der alte Mann hatte ihn die Kunst der Metallschmiede gelehrt. War es Bronze? Oder war Gold darunter?
»Alles Bronze«, behauptete Hugo konsterniert.
»Er lügt«, schrillte Cornelia Openshaw. »Er lügt.«

»Es ist Bronze«, beharrte Hugo. »Mr. Hendrik hat gesagt, es ist alles nur Bronze.«
»Dann war Mr. Hendrik ein Lügner. Ach, was hat es überhaupt für einen Sinn, mit diesem – diesem . . .«
»Keith«, sagte Dr. Thornton. »Haben Sie eine Ahnung von Edelmetallen?«
»Ich habe früher mal ein paar einschlägige Kurse genommen«, erwiderte Keith und rannte aus dem Haus. Die anderen folgten ihm wie eine Schar aufgescheuchter Hühner.
Keith Palmer untersuchte eine Reihe von Gegenständen durch chemische Analyse und fand immer wieder das gleiche. »Bronze. Pure Bronze. Bronziertes Holz.« Und mit jedem Mal wurde der Hoffnungsstrahl einen Schein bleicher.
»Es ist alles Bronze«, stellte Keith schließlich fest. »Alles.«
»Sie Wichtigtuer«, zischte Alistair den Inspektor an. »Warum verkriechen Sie sich nicht in einem Altersheim? Da gehören Sie hin.«
Jessie ließ sofort eine Verteidigungsrede vom Stapel, doch der Inspektor unterbrach sie mit einem gemurmelten: »Vielleicht hat er recht, Jessie.«
Und plötzlich klang Vaughns verhaßte Stimme auf. »Na, ist das hübsche Spiel vorüber?« spöttelte er. »He, Sie da!« wandte er sich mit dröhnender Stimme an den Auktionator. »Machen Sie weiter.«
Und er lachte und lachte, daß Jessie ihm am liebsten die Augen ausgekratzt hätte.
Die Auktion wurde fortgesetzt, und der kleine Mr. Garrett kaufte weiter.

10

Und wieder wandte sich Richard Queen an die Erben. »Ich hätte Sie alle gern noch einmal allein gesprochen«, sagte er.
»Schon wieder?« versetzte Alistair unhöflich.
»Wollen Sie die sechs Millionen finden oder nicht?«
Darauf gab es keine Entgegnung. Sie versammelten sich erneut im Salon. Vaughn blickte der kleinen Gruppe grinsend nach. Er schien sich königlich zu amüsieren.

Richard hielt eine kurze Ansprache. »Es ist jedenfalls einen Versuch wert«, schloß er. »Selbst wenn die Sache fehlschlägt, wird es keinen von Ihnen auch nur einen Cent kosten, und ich bin im Zweifelsfall der Sündenbock.«
»Aber Richard . . .« begann Jessie beunruhigt.
»Du mußt mir vertrauen, Jessie.«
Hinter ihm her trotteten sie ins Freie. Draußen waren inzwischen fünf Autos vorgefahren: Die Hilfstruppen Inspektor Queens hatten sich wieder eingefunden.
»Was tun Sie denn hier?« fragte Richard Queen.
»Wir haben das Gefühl, Sie können Verstärkung brauchen«, versetzte Al Murphy.
»Wir bleiben bis zum bitteren Ende«, erklärte Johnny Kripps.
»Und davon lassen wir uns nicht abbringen«, setzte Hugh Griffin hinzu.
»Ich danke Ihnen«, sagte der Inspektor aufrichtig. Dann schlenderte er hinüber zu dem provisorischen Podium, wo der Auktionator Keller sich fast heiser schrie in dem Bemühen, einen Satz Kuchenformen und eine bronzierte Eieruhr an den Mann zu bringen.
»Augenblick!« Der Inspektor hob die Hand.
»Schmeißt ihn doch endlich raus«, schrie eine empörte Männerstimme. »Ist das nun eine Versteigerung oder nicht?«
»Was wollen Sie jetzt schon wieder?« fuhr Keller ihn an.
»Die Erben von Hendrik Bronx haben soeben in einer Besprechung beschlossen, das gesamte Versteigerungsgut mit einem Gebot von . . .«
»Ausgeschlossen. Eine Reihe von Stücken ist bereits verkauft. Es ist rechtlich nicht zulässig . . .«
»Wir sind bereit, die schon verkauften Gegenstände von dem Gebot auszunehmen. Unser Gebot gilt für alle noch nicht losgeschlagenen Stücke, auch jene, die sich noch im Haus befinden.«
»Auf einen solchen Kuhhandel lasse ich mich nicht ein«, rief Mr. Fluegle. »Meine Mandanten haben einen Anspruch . . .«
»Und die meinen auch«, ließ sich Mr. Channing vernehmen.
»Das leuchtet mir ein, meine Herren«, erwiderte der Inspektor. »Wir sind bereit, Ihre Ansprüche sowie den Anspruch des Bauunternehmers Sloan zu befriedigen. Insgesamt belaufen sich die Forderungen auf etwa zwölftausendfünfhundert Dollar. Im Namen der

Erben biete ich zwölftausendfünfhundert Dollar für das Versteigerungsgut – wie es steht und liegt.«
Die Anwälte konferierten hastig miteinander und nickten dann widerstrebend.
»Immer mit der Ruhe«, mischte sich unvermittelt Vaughn ein. »Als Testamentsvollstrecker habe ich da auch noch ein Wörtchen mitzureden.«
»Keine Spur«, fuhr Richard ihn an. »Im Testament des alten Bronx wird lediglich verfügt, daß das gesamte Haushaltsgut versteigert werden soll. Das schließt ein Gebot der Erben nicht aus. Sie haben da gar nichts zu sagen.«
Zu Jessies Überraschung gab Vaughn unverzüglich klein bei. »Hm«, brummte er. »Da könnten Sie recht haben.« Damit zog er sich wieder in den Hintergrund zurück.
»Okay«, rief Keller ungeduldig. »Dann können wir die Sache jetzt kurz machen. Mr. – wie ist Ihr Name?«
»Queen.«
»Mr. Queen bietet zwölftausendfünfhundert Dollar für das gesamte Versteigerungsgut. Bietet jemand mehr? Mr. Garrett, Sie werden sich doch diese einmalige Sammlung alter holländischer Stücke nicht entgehen lassen!«
Der kleine Mr. Garrett wippte aufgeregt auf den Zehenspitzen. Seine wieselflinken Äuglein schossen hin und her wie Goldfische im Aquarium.
»Dreizehntausend«, bot er nervös.
Der Inspektor ließ ihn nicht aus den Augen. »Dreizehn eins«, versetzte er.
»Dreizehn zwei«, konterte Garrett.
»Dreizehn fünf«, rief Richard Queen.
»Vierzehn.«
»Ich biete fünfzehntausend Dollar«, verkündete Queen.
Jessie wurde immer blasser. »Richard«, flüsterte sie. »Wo sollen wir denn das Geld . . .«
Er drückte beruhigend ihren Arm und beobachtete unverwandt den kleinen Mr. Garrett, der jetzt mit zitternder Hand sein Taschentuch herauszog und sich die schweißnasse Stirn wischte.
»Fünfzehntausend sind geboten. Wer bietet sechzehn? Sie geben doch nicht auf, Mr. Garrett! Sehen Sie sich ruhig die Liste noch einmal durch. Fünfzehntausend sind geboten! Zum ersten . . .«

Garrett schickte Blicke der Verzweiflung in die Runde. Und plötzlich fand er seine Fassung wieder. Mit ruhiger, klarer Stimme sagte er: »Ich biete sechzehntausend.«
»Sechzehntausend sind geboten«, schrie Keller begeistert. »Sechzehntausend. Wer bietet mehr? Na, wie ist es, Mr. Queen? Siebzehntausend?«
»Achtzehntausend Dollar«, rief Richard Queen.
»Zwanzig«, übertrumpfte ihn Garrett.
»Einundzwanzig.«
»Zweiundzwanzig.« – »Dreiundzwanzig«, rief der Inspektor.
Garrett zögerte. Wieder huschten seine Augen suchend von einem zum anderen und hefteten sich schließlich an Kellers Uhrkette.
»Vierundzwanzigtausend«, sagte er.
»Fünfundzwanzig«, überbot der Inspektor.
Der kleine Mann riß den Mund auf. »Moment! Mr. Garrett, wollen Sie weiterbieten?«
»Warum fragen Sie?« versetzte Garrett mit heiserer Stimme.
»Weil ich dann um eine Pause bitten möchte, um mich mit meinen Auftraggebern zu besprechen.«
»Nein, nein«, rief Mr. Garrett. »Das lasse ich nicht zu, Mr. Keller. Ich habe ein Recht . . .«
»Wer leitet denn die Versteigerung, Mr. Garrett?« rief der Mann auf dem Podium. »Ich! Und ich bin verpflichtet, das höchstmögliche Angebot herauszuholen. Ich kann niemanden bevorzugen. Sie sollen Ihre Pause bekommen, Mr. Queen. Wie lange wollen Sie?«
»Nur eine kurze Beratung«, versetzte der Inspektor. Er nickte seinen verdutzten »Auftraggebern« zu und marschierte ihnen voraus zum Haus. Diesmal folgten auch Sheriff Fleck und Vaughn J. Vaughn. »Ach . . .« Der Inspektor blieb an der Tür stehen. »Mr. Garrett, würden Sie bitte auch kommen?«
»Ich?«
»Ja, Sie.«
Mr. Garrett leistete der Aufforderung mit unverhohlenem Widerwillen Folge.
»Mr. Garrett«, sagte der Inspektor drinnen im Haus, »es wird Zeit, Ihnen die Frage zu stellen, auf die es uns ankommt. Bieten Sie in eigenem Namen oder im Auftrag einer dritten Person?«
Einige Gesichter zeigten Überraschung; aber nicht alle. Die Aufmerksamkeit des Inspektors konzentrierte sich auf den kleinen

Mann, der von einem Fuß auf den anderen trat und unaufhörlich sein Gesicht betupfte, obwohl es im Haus kühl war. »Diese Frage brauche ich nicht zu beantworten«, erwiderte er schließlich.
»Sie brauchen es nicht«, ließ sich ganz unvermutet der Sheriff vernehmen. »Doch als Chef der Polizei von Phillipskill würde ich es begrüßen, wenn Sie sich entschließen könnten, uns eine Antwort zu geben.«
Die verbrämte Drohung wirkte.
»Nun ja. Schön. Wahrscheinlich – ich handle in fremdem Auftrag, Sir.«
»Das dachte ich mir«, stellte der Inspektor fest. »Sie sind mir gegenüber im Vorteil, Garrett. Sie kennen die Leute, die ich vertrete. Ich hingegen kenne Ihre Auftraggeber nicht. Wer sind sie?«
»Das«, versetzte der kleine Mr. Garrett prompt und mit Würde, »ist eine Frage, die ich nicht beantworten kann und nicht beantworten werde.«
»Vielleicht könnten wir zur Abwechslung mal wieder ein bißchen Versteigerung spielen«, schlug Vaughn ironisch vor.
»Ich bin noch nicht fertig«, entgegnete der Inspektor.
»Womit?« fragte Fleck. »Worauf wollen Sie hinaus, Queen?«
»Kommen Sie mit.« Garretts Weigerung schien Richard Queen nicht zu rühren. Er stieg die Treppe hinauf und steuerte auf den Raum zu, der dem alten Hendrik Bronx als Schlafzimmer gedient hatte. Nur das Bett stand noch in dem kahlen Raum, und an der Wand hing der leere Rahmen eines Familienporträts.
»Na und?« fragte der Sheriff, während er sich umblickte.
»Hier befindet sich ein Teil des Vermögens von Hendrik Bronx«, erklärte der Inspektor. »Wir alle haben es übersehen.«
»Was? Wo denn? Ich sehe nur ein altes bronziertes Bett und einen Bilderrahmen. Sie wollen doch nicht behaupten, daß das wertvolle Antiquitäten sind?«
»Nein, Antiquitäten sind es zwar, aber sie sind nicht wertvoll«, meinte der Inspektor. »Aber heben Sie einmal das Bett hoch, Sheriff. Dann werden Sie schon merken, worauf ich hinauswill.«
»Hochheben?« echote Fleck. »Es ist doch festgeschraubt.«
»Dann nehmen Sie eben den Rahmen von der Wand.«
»Der ist auch festgemacht. Was soll der Unsinn?«
»Es ist kein Unsinn. Alle Betten in diesem Haus sind am Boden verankert. Alle Bilderrahmen sind unverrückbar an der Wand befe-

stigt. Und auch die Bronzetäfelungen ließen sich nur mit Spezialwerkzeugen entfernen. Können Sie mir sagen, warum?«
»Der Alte hatte eben einen Vogel«, ließ sich Vaughn prompt vernehmen.
»Vielleicht. Doch auch Verrückte haben für die Dinge, die sie tun, einen Grund. Können Sie mir nicht einen anderen Grund nennen? Was hatte der alte Bronx davon, daß er alles festschraubte?«
Keiner antwortete.
»Es liegt doch auf der Hand«, fuhr der Inspektor fort. »Die Sachen sollten nicht entfernt werden. Warum aber wollte der alte Mann verhindern, daß sie entfernt würden?«
Das war eine harte Nuß. Nur Keith Palmer knackte sie. Langsam, ohne Lynns Hand loszulassen, sagte er: »Dafür gibt es nur eine Erklärung. Er wollte vermeiden, daß jemand das tatsächliche Gewicht der Gegenstände feststellte.«
Richard Queen nickte. »Er war vielleicht verrückt, doch er war auch schlau und gerissen. Er wollte verhindern, daß jemand zufällig die Rahmen von der Wand nehmen, das Bett verschieben oder hochheben und dabei das wahre Gewicht dieser Gegenstände bemerken würde. Wir haben nur jene Gegenstände geprüft, die beweglich sind. Die Dinge waren tatsächlich aus Bronze. Damit wollte der alte Mann uns Sand in die Augen streuen. Doch das, was wir hier sehen – die Gegenstände, die sich nicht von der Stelle bewegen lassen, die alten Bettstätten, die Rahmen, die viktorianischen Badewannen, die Täfelungen, die Trafuzzi von den Wänden gerissen und in den Keller geworfen hat –, all das ist nicht aus Bronze. Es ist das Vermögen der Bronx.«

11

Am liebsten wären sie alle gleich in den Keller hinuntergestürzt, um den Goldschatz zu heben. Doch der Inspektor sagte: »Das hat Zeit. Zuerst ist Mr. Garrett an der Reihe.« Er wandte sich dem kleinen Mann zu. »So, Mr. Garrett, sind Sie jetzt vielleicht bereit, uns Ihren Auftraggeber zu nennen?«
»Zunächst möchte ich ein für allemal klarstellen«, rief Mr. Garrett hastig, »daß ich von dieser Geschichte mit dem bronzierten Gold

keine Ahnung hatte. Ich wurde beauftragt, das Versteigerungsgut aufzukaufen und . . .«

»Wollen Sie uns nun endlich reinen Wein einschenken?«

»Das geht doch nicht. Ich kann nicht. Das ist eine streng vertrauliche Sache.«

Der Inspektor schnaubte wütend. »Schön«, rief er, »dann werde ich Ihnen sagen, wer Sie beauftragt hat.«

»Wie wollen Sie das denn bewerkstelligen, Inspektor?« erkundigte sich Vaughn höhnisch. »Sind Sie Gedankenleser?«

»Nein, aber ich kann logisch denken.«

»Oh?«

»Sperren Sie Ihre Ohren auf, Vaughn. Ich werde auf Grund logischer Folgerungen nicht nur enthüllen, wer Garretts Auftraggeber ist, sondern ich werde auch aufzeigen, wer Hendrik Bronx getötet hat.«

Mr. Garretts Gesicht nahm einen grünlichen Schimmer an. Die anderen warteten stumm. Sie schienen wie betäubt. Nur Sheriff Fleck erwachte zu plötzlichem Leben.

»Tun Sie das, Queen«, rief er. »Tun Sie das!« Und er marschierte zur Tür, als wollte er dafür sorgen, daß der Mörder nicht entkommen konnte.

Richard Queen sprach langsam und ernst. Jessie, die keinen Blick von ihm wandte, betete im stillen. Lieber Gott, laß ihn diesmal wenigstens recht haben, flehte sie.

Er begann bei dem ersten Anschlag auf das Leben des alten Bronx.

»Von welchem Motiv wurde der Täter getrieben?« fragte er. »Es kann ihm nicht um das Geld gegangen sein, denn zu dieser Zeit hatte der alte Mann seine Erben noch gar nicht bestimmt. Das Geld wäre im Fall seines Todes dem Staat zugefallen. Folglich kann es nicht Gewinnsucht gewesen sein, die den Täter trieb. Was sonst aber war das Motiv? Nun, haben wir nicht später erfahren, daß zumindest einer der künftigen Erben der uneheliche Sproß des alten Bronx war? Es dürfte wohl auf der Hand liegen, daß ein uneheliches Kind, dessen Vater sich nicht um sein Wohlergehen kümmert, seinem Erzeuger keine zärtlichen Gefühle entgegenbringt. Dafür ist es durchaus verständlich, wenn in dieser Person Rache- und Haßgefühle erwachen. Und eben solche Gefühle könnten den Anschlag auf Bronx bewirkt haben. Sie können so stark gewesen sein, daß der Täter darüber sogar die Aussicht auf das Millionenerbe vergaß.«

»Aber dann müßte ja Dr. Thornton der Täter sein«, rief Cornelia Openshaw. »Der Doktor wußte gleich bei seiner Ankunft, daß Mr. Bronx sein Vater war. Er hat es uns selbst erzählt. Und keiner von uns anderen hatte eine Ahnung . . .«
»Das ist nur eine Vermutung, Miss Openshaw«, warf der Inspektor ein. »Jeder unter Ihnen kann ein Nachkomme von Hendrik Bronx sein. Höchstens Lynn O'Neill ist eine Ausnahme. Gerade die Tatsache, daß Dr. Thornton die Wahrheit enthüllte, spricht ihn, meiner Ansicht nach, frei. O nein, Dr. Thornton braucht nicht der Täter gewesen zu sein. Jeder von Ihnen kann den Anschlag verübt haben – außer Lynn O'Neill –, weil jeder von Ihnen theoretisch ein illegitimer Nachkomme des alten Bronx sein kann.«
Der Arzt tupfte sich mit dem Taschentuch den Mund. Die Wangen unter den roten Bartstoppeln waren erbleicht. Doch mit seinem Freispruch kehrte auch die Farbe in sein Gesicht zurück.
»Nachdem jedoch dieser Anschlag fehlging«, fuhr der Inspektor fort, »verstrichen Tage und Nächte, ohne daß etwas geschah. Warum machte der Täter nicht einen zweiten Versuch, den alten Bronx aus dem Weg zu räumen?«
»Das kann ich Ihnen beantworten, mein Guter«, erklärte Vaughn. »Weil Vaughn J. Vaughn den alten Knaben in seine Obhut nahm.«
»Und im entscheidenden Moment versagte«, bemerkte Inspektor Queen mit dünnem Spott. »Nein, Vaughn, das ist nicht der Grund. Gewiß, Ihr Erscheinen erschwerte die Sache, doch es machte sie nicht unmöglich. Der beste Beweis ist die Tatsache, daß der alte Bronx dem Mörder, als dieser den Moment gekommen sah, nicht entging.«
Vaughns überlegenes Grinsen erlosch. »Sie sind heute mal wieder schwer auf Draht, was?« bemerkte er giftig. Dann hüllte er sich in Schweigen.
»Es steht fest«, fuhr der Inspektor fort, »daß der Täter zu jeder Zeit zwischen dem ersten und zweiten Anschlag Gelegenheit gehabt hätte, sein Glück – wenn man so sagen kann – nochmals zu versuchen. Doch er tat es nicht. Er wartete.«
»Warum?«
»Nun, vergegenwärtigen wir uns noch einmal, was geschah. Wann schlug der Täter zu? Er tötete den alten Mann, nachdem dieser sein Testament gemacht hatte. Darauf also muß der Täter gewartet ha-

ben. Er hatte sich plötzlich überlegt, daß er zwei Fliegen mit einer Klappe schlagen konnte, wenn er wartete. Nicht nur würde er seine Rachegefühle befriedigen können, sondern möglicherweise sogar noch eine Million Dollar einstecken können. Und wenn Hendrik Bronx ihn leer ausgehen ließ, dann konnte er immer noch zu seinem ursprünglichen Plan zurückkehren und aus Rache töten. Das ist die einzige Erklärung für den Aufschub.«

Die Worte des Inspektors kamen jetzt nicht mehr so bedachtsam. Er sprach schneller und eindringlicher. »Wer immer den Mord an Bronx verübte, ist kein Gangster, kein kaltblütiger Killer aus der Unterwelt. Wir haben es mit einem Durchschnittsbürger zu tun, der durch ungewöhnliche Ereignisse, durch eine Krise zu seiner Tat getrieben wurde. Der Durchschnittsbürger hat viel mehr Respekt vor der möglichen Strafe als der Berufsverbrecher. Wenn er sich nicht in der Hitze der Leidenschaft, im Affekt zu einem Mord hinreißen läßt, so wartet er im allgemeinen ab, versucht seine Gefühle zu zügeln, und bemüht sich, einen weniger riskanten und gefährlichen Ausweg zu finden. Und zwar gerade dann, wenn er sich von der Beseitigung des anderen Menschen eine persönliche Bereicherung erhofft. Was nützen einem eine Million Dollar, wenn man auf Lebenszeit im Zuchthaus landet? In diesem Fall hatte der Täter eigentlich allen Grund abzuwarten. Hendrik Bronx war sechsundsiebzig Jahre alt. Er hatte selbst erklärt, er wäre ein kranker Mann. Es war damit zu rechnen, daß er bald starb. Der Täter hätte sich also nur in Geduld zu fassen brauchen. Dann hätte er ohne das geringste Risiko auf ganz legitimem Weg eine Million Dollar einstreichen können. Doch obwohl der gesunde Menschenverstand und die Vernunft unserem Täter geraten haben müssen, abzuwarten und die Natur ihren Lauf nehmen zu lassen, tat dieser das nicht. Er ermordete den kranken alten Mann, sobald er wußte, daß er auch erbte. War sein Haß oder seine Geldgier so stark, daß sie jeden vernünftigen Gedanken verdrängten? Möglich. Doch meiner Meinung nach müssen wir eine andere Erklärung suchen.«

Der Inspektor legte eine Pause ein. Die Stille im Raum knisterte vor Spannung.

»In jener Zeit«, fuhr der Inspektor unvermittelt fort, »die nach dem ersten Anschlag auf Bronx bis zur Testamentsabfassung verstrich, vollbrachte der Täter etwas, das uns anderen nicht gelang: Er löste das Rätsel, das uns noch jetzt beschäftigt. Er fand heraus, in welcher

Form das Vermögen des alten Bronx existierte und wo es versteckt war!«
Seine Zuhörer waren so fasziniert, daß sie kaum zu atmen wagten. Ihre Augen hingen an seinen Lippen. Flecks dicke Lippen waren halb geöffnet. Er keuchte röchelnd.
»Sie verstehen wohl, was das bedeutet«, hakte der Inspektor wieder ein. »Die natürliche Abneigung des Mörders gegen das Verbrechen, seine Angst vor der möglichen Strafe, wurden von einem ganz neuen Faktor verdrängt. Er hatte das Vermögen gefunden! Er muß überzeugt gewesen sein, daß kein anderer unter uns sein Geheimnis teilte. Doch nun stand er natürlich unter einem inneren Druck. Je länger der alte Bronx lebte, desto größer wurde die Möglichkeit, daß auch andere unter uns das Rätsel lösten. Wenn er jedoch Hendrik Bronx tötete, konnte er womöglich das gesamte Vermögen allein einheimsen. Er brauchte sich nur auf gesetzliche Art und Weise das Eigentumsrecht am gesamten Inventar des Hauses zu sichern, und das Gold war sein.
Nur eine Person«, fuhr der Inspektor fort, »war bereit, für das Versteigerungsgut, das wir anderen für völlig wertlos hielten, einen ungemein hohen Preis zu bieten. Das war der Auftraggeber von Mr. Garrett hier. Er war bereit, mehr als fünfundzwanzigtausend Dollar zu bieten. Sie alle haben gewiß beobachtet, wie verwirrt und ängstlich Mr. Garrett um sich blickte, als ich plötzlich anfing, auf das Versteigerungsgut zu bieten. Und dann wurde er unvermittelt ganz ruhig und steigerte kühl bis zu einem Betrag von fünfundzwanzigtausend Dollar. Ist das nicht Beweis genug? Ich habe gezeigt, daß der Mörder das Geheimnis des Vermögens entdeckt hatte. Wir wissen, daß der Mann, der Garrett beauftragte, von diesem Geheimnis gewußt haben muß. Folglich müssen der Mann, der Hendrik Bronx tötete, und der Auftraggeber Garretts ein und dieselbe Person sein.«
»So, und jetzt machen Sie endlich den Mund auf«, fuhr der Inspektor Garrett an. »Oder wollen Sie vielleicht wegen Beihilfe zum Mord vor Gericht? Los, Garrett, reden Sie.«
Mr. Phil G. Garrett schmatzte aufgeregt und wich zurück. Es war förmlich zu sehen, wie die Windungen seines Spatzenhirns arbeiteten.
»Ich weiß nichts von einem Mord«, stammelte er schließlich. »Ich wußte nicht . . .«

»Wer ist Ihr Auftraggeber?« donnerte der Inspektor.
Garrett streckte einen zitternden Finger aus.
»Der Mann da. Mr. Vaughn.«

12

Vaughn J. Vaughn steckte den Schlag ein, ohne mit der Wimper zu zucken. Der Inspektor hatte es nicht anders erwartet.
»Grau, lieber Freund, ist alle Theorie«, erklärte der Privatdetektiv und Rechtsanwalt gelassen. »Sie haben hier eine tolle Schau abgezogen, mein Bester. Nur wird sich der Staatsanwalt davon kaum so beeindruckt zeigen wie diese Schildbürger hier. Vor Gericht braucht man nämlich Beweise.«
Der Inspektor sagte nichts. Er wartete darauf, daß Vaughn sich eine Blöße gab.
»Versuchen Sie nur, das Gericht in White Plains mit Ihrer Geschichte zu beeindrucken, mein Alter. Da werden Sie nicht weit kommen. Vor Gericht zählen Tatsachen, keine großen Reden.«
»Es ist doch wohl eine Tatsache, daß Garrett Sie als seinen Auftraggeber bezeichnet hat, Vaughn. Wollen Sie leugnen, daß Sie ihn angeheuert haben?«
»Leugnen? Aber keine Spur. Natürlich habe ich ihn engagiert. Ich halte mich immer aus solchen Sachen heraus, wenn's möglich ist. Aber was hat das schon zu sagen? Es ist schließlich nicht ungesetzlich.«
»Nicht ungesetzlich?« schrillte Cornelia Openshaw. »Sie haben versucht, sechs Millionen Dollar auf unlautere Weise an sich zu bringen. Wie nennen Sie das denn?«
Der kleine Mr. Garrett schlich sich im allgemeinen Tumult verstohlen hinaus. Er verschwand auf Nimmerwiedersehen.
»Miss Openshaw hat recht, Vaughn«, erklärte Richard Queen. »Sie wollten sechs Millionen Dollar an sich bringen. In meinen Kreisen nennt man so etwas versuchten Betrug.«
Der Privatdetektiv schien nachzudenken. Es war, als prüfe er das Argument des Inspektors auf seinen Goldgehalt.
»Klingt eigentlich ganz einleuchtend«, meinte er schließlich. »Womit jedoch keineswegs ein Geständnis verbunden sein soll. Ich

hatte nämlich keine Ahnung, daß sich unter der Bronzierung Gold befinden soll. Nicht die geringste Ahnung. Ich führte lediglich einen Auftrag aus.«
»Wie bitte?«
»Ich engagierte Garrett auf Anweisungen eines Dritten hin.«
»Was?«
»Ich fungierte als Vermittler. Über alles Weitere müssen Sie sich schon mit meinem Auftraggeber auseinandersetzen.«
»Und wer ist das?«
Vaughn zog gemächlich seine silberne Taschenflasche aus der Hüfttasche und nahm einen tiefen Zug.
»Wer hat Sie beauftragt, Garrett zu engagieren?« brüllte der Sheriff.
»Das will ich Ihnen sagen«, versetzte Vaughn und wischte sich die Lippen. »Da hier so leichtfertig mit Betrugsbeschuldigungen herumgeworfen wird, kann man es mir nicht verübeln. Es war unser aller Freund hier – Alistair.«

DeWitt Alistair erbleichte und durchbohrte Vaughn mit einem bitterbösen Blick.
»Sie widerlicher Schurke«, schrie Alistair. »Sie Großmaul! Ich hätte mir ja gleich denken können, daß auf Ihre Versprechungen kein Verlaß ist.«
»Rette sich wer kann«, versetzte Vaughn achselzuckend. »Ihretwegen lasse ich mich bestimmt nicht als Betrüger hinstellen.«
»So.« Der Inspektor strahlte. »Wir scheinen endlich Fortschritte zu machen. Sie waren also derjenige, der dahinterkam, wo das Gold zu finden ist, Alistair. Und Sie wollten uns übers Ohr hauen. Oder war es Ihre holde Gattin? Das scheint mir fast wahrscheinlicher. Sie besitzen nicht die geistige Kapazität. Nun, Mrs. Alistair, wie ist es?«
Elizabeth Alistair strafte ihn mit Verachtung.
»Ich würde Ihnen raten«, sagte der Inspektor freundlich, »uns jetzt die Wahrheit zu sagen. Was meinen Sie dazu, Sheriff?«
»Das würde ich auch raten«, bestätigte Sheriff Fleck, nicht so freundlich.
Das Ehepaar Alistair wechselte einen Blick. Dann begann Alistair zu sprechen.
»Liz, meine Frau, war diejenige, der plötzlich der Einfall kam, das

Gold könnte unter der Bronzierung versteckt sein. Sie weckte mich mitten in der Nacht, um es mir mitzuteilen. Mir schien das ganz einleuchtend. Wir standen also auf und schraubten einen Rahmen in unserem Zimmer ab. Wir fanden beide, daß er unverhältnismäßig schwer war. Es mußte das Gold sein.«

»Und daraufhin zogen Sie Vaughn ins Vertrauen und beauftragten ihn, Garrett anzuheuern, um auf das Versteigerungsgut zu bieten. Und uns wollten Sie leer ausgehen lassen. Das nenne ich Planung«, sagte Richard Queen.

Wieder tauschten die Alistairs einen Blick. Diesmal öffnete Mrs. Alistair den Mund.

»Und wenn schon«, sagte sie lakonisch.

»Dann haben Sie beide auch Mr. Hendrik Bronx umgebracht.«

»Das können Sie uns nicht in die Schuhe schieben.«

»Ich habe es bewiesen, Alistair.«

»Ich wiederhole, was Mr. Vaughn sagte. Vor Gericht werden Sie damit nicht durchkommen.«

»Vielleicht nicht. Auf jeden Fall sitzen Sie beide ganz schön in der Klemme.«

»Keine Spur. Außerdem handelt es sich nicht nur um uns beide.«

»Um wen denn sonst noch?«

»Wir hatten einen Partner. Wenn Sie uns hier also Mordbeschuldigungen ins Gesicht schleudern wollen, müssen Sie ihn auch einbeziehen.« Elizabeth Alistair brach ab.

Der Inspektor war einen Moment sprachlos. »Das muß ich erst einmal verdauen«, sagte er dann. »Sie und Ihr Mann wollten sich die sechs Millionen unter den Nagel reißen, und da zogen Sie noch einen Dritten ins Vertrauen. Warum denn das?«

»Weil unsere Mittel nicht ausgereicht hätten, um den Plan zu verwirklichen.«

»Und wer war Ihr Partner?« fragte der Inspektor.

»Dr. Thornton.«

Die Bombe war explodiert. Der Mann, der sich gern als Albert Schweitzer von South Cornwall gesehen hätte, sank aufs Bett, daß die Sprungfedern quietschten. Er wandte das Gesicht ab, als die ungläubigen Blicke der anderen ihn trafen.

»Sie, Doktor?« rief Lynn fassungslos. »*Sie* wollten uns um unseren Anteil bringen? Ich werde in meinem Leben nie wieder jemandem vertrauen.«

Die arme Jessie schluckte verzweifelt. Ihr Mann war psychologisch zu Boden gegangen. Dr. Thornton ein Dieb, ein Betrüger? Das war unfaßbar. Es erschütterte des Inspektors Vertrauen in seine Menschenkenntnis.
»Ist das wahr, Doktor?« Er konnte es noch immer nicht glauben.
Dr. Thornton sank noch tiefer in sich zusammen. Als er den Kopf hob, wünschte Richard, er könnte dem Blick dieser Augen ausweichen.
»Ja, Inspektor«, sagte der Arzt mit erstickter Stimme. »Ich wollte mein Leben lang eine große und gute Tat vollbringen. Ich wollte meine Klinik erweitern, um meinen Patienten besser helfen zu können. Gott weiß, daß ich nicht am persönlichen Gewinn interessiert war. Natürlich ist das keine Entschuldigung . . .«
»Sie glaubten, als Sohn des alten Bronx hätten Sie mehr Anrecht auf sein Erbe als wir«, sagte der Inspektor, der noch immer nach einer rettenden Entschuldigung suchte.
»Nein, das war es nicht. Die anderen können ja ebensogut seine Nachkommen sein . . . Nein, jetzt weiß ich, was in einem Bankangestellten vorgeht, der zwanzig Jahre ehrlich gearbeitet hat und dann plötzlich mit einem Koffer voll Geld, das anderen Leuten gehört, verschwindet. Es tut mir so leid, wirklich. Lynn – Keith – Miss Openshaw . . .«
Weil Dr. Thornton ihn so enttäuscht hatte – vielleicht aber auch, weil sein Selbstvertrauen erschüttert war –, wurde der Inspektor sehr zornig. »In meiner ganzen Karriere bei der Polizei ist mir nie ein solcher Haufen untergekommen. Jedem scheint es hier nur darum zu gehen, den anderen übers Ohr zu hauen.«
»Ich würde hier lieber nicht so große Töne spucken«, mischte sich Elizabeth Alistair verächtlich ein. »Sie haben nicht den geringsten Anlaß, über uns andere den Stab zu brechen.«
Jessie schloß die Augen. Jetzt kommt es, dachte sie.
»Was soll das heißen?« fuhr Richard die Frau an.
»Ihre Weste ist auch nicht ganz rein, Inspektor Queen.«
»Das kann man wohl sagen«, stimmte ihr Mann spöttisch ein. »Sie hatten keine Ahnung, daß wir Bescheid wissen, was?«
»Worüber?«
»Wir hörten Sie mit Ihrer Frau darüber sprechen. Zweimal. Im Schlafzimmer.«
»Worüber hörten Sie uns sprechen?« Richards Gesicht war rot an-

gelaufen.
»Daß Ihre Frau nicht die richtige Jessie Sherwood ist.« Alistair wandte sich den anderen zu. »Das wußten Sie wohl nicht, was? Sie ist gar nicht die Jessie Sherwood, für die Bronx sie hielt. Und er ist wahrscheinlich auch kein ehemaliger Kriminalbeamter. Diese Frau hat keinen Anspruch auf die Erbschaft, Vaughn. Sie machten einen Fehler, als Sie Ihre Nachforschungen für den alten Bronx anstellten. Ihr Vater war kein Arzt. Er war Briefträger.«
»Das ist nicht wahr«, rief Jessie hitzig dazwischen. »Er war Postbeamter.«
»Das ist ja ein Ding mit Pfiff.« Vaughn lachte belustigt. »Die ehrenwerte Familie Queen ist also doch nicht so ehrenwert! Was stehen Sie so dumm herum, Sheriff? Los, nehmen Sie die beiden fest.«
Richard Queen und seine fünf alten Freunde brauchten fünfzehn Minuten, um Sheriff Fleck davon zu überzeugen, daß der Inspektor tatsächlich bei der Kriminalpolizei von New York tätig gewesen war. Und sie brauchten weitere zehn Minuten, um ihm die Gründe für sein Schweigen darzulegen.
»Wir hätten abreisen müssen«, erklärte der Inspektor. »Versuchen Sie mich zu verstehen, Sheriff. Ich saß wirklich in der Patsche. Die Ereignisse, die sich abgespielt hatten, die ganzen Umstände erregten natürlich meine Neugier . . .«
»Schon gut«, versetzte der Sheriff gereizt. »Keiner hat es für nötig gehalten, mir gegenüber ehrlich zu sein.« Er blickte in die Runde. »Hat jetzt jeder sein Geständnis abgelegt? Oder hat sonst noch jemand etwas zu sagen? Also?«
Lynn O'Neill und Keith Palmer wechselten einen Blick. Lynn nickte kaum merklich. Keith wandte sich dem Sheriff zu.
»Ich bin nicht Keith Palmer«, sagte er mutig.
»Was?« heulte Sheriff Fleck auf. »Ja, wer, zum Teufel, sind Sie denn dann?«
»Mein Name ist Bill Perlberg«, erklärte der falsche Keith Palmer. »Keith ist mein bester Freund. Wir haben einen Schrotthandel. Wir sind zusammen aufgewachsen, waren zusammen im Krieg . . .«
»Wie kommen Sie dazu, sich für Palmer auszugeben?«
»Es ist ein bißchen kompliziert«, erwiderte Bill Perlberg entschuldigend. »Er bekam den Brief vom alten Bronx und wollte herkommen. Aber er konnte nicht.«
»Warum nicht?«

»Wegen seiner Frau. Er kam nämlich ganz verändert aus dem Krieg zurück, wissen Sie. Er war einfach entwurzelt, konnte seinen Platz nicht mehr finden und wollte einmal sogar heimlich verschwinden. Die Ehe drohte natürlich in die Brüche zu gehen. Joanne erklärte, wenn er sie noch einmal verließe, würde sie kurzen Prozeß machen und mit dem kleinen Sam – das ist Keiths Sohn – auf und davon gehen.«
»Er liebt sie nämlich sehr«, warf Lynn ein. »Und er wollte sie nicht verlieren.«
»Reden Sie nicht dazwischen«, fuhr der Sheriff das Mädchen an. »Los, Perlberg, weiter!«
»Ja, und da überredete mich Keith, an seiner Stelle zu fahren. Er versprach das Geschäft zu übernehmen, solange ich weg war, und ich mußte ihm versprechen, daß ich nichts verraten würde. Er hatte Angst, daß der alte Bronx es nicht gelten lassen würde, wenn ich ihm die Wahrheit erklärte. Und der Brief klang ja so, als steckte Geld hinter der Geschichte. Joanne konnte Keith nichts sagen. Sie ist nämlich ein ausgesprochen realistischer und praktischer Mensch und hätte das ganze als Unsinn abgetan. Na ja, so habe ich mich eben überreden lassen.«
»Gott sei Dank«, flüsterte Lynn und drückte seine Hand.
»Hier ist mein Führerschein«, sagte Bill, »mein Personalausweis und . . .«
»Ach, stecken Sie das Zeug weg«, versetzte Sheriff Fleck. »Und was geschieht jetzt?« fragte er.
»Warum sehen wir uns jetzt nicht die Täfelung an, die im Keller liegt«, schlug Bill Perlberg vor. »Mal sehen, ob ich mich noch an das erinnern kann, was ich in meinen Metallurgiekursen gelernt habe. Außerdem möchte ich mir gern mal die Werkstatt ansehen. Wo ist eigentlich Hugo?«
»Hier«, rief Hugo von der Tür her. Unbewegt und stumm hatte er die ganze Zeit dort gestanden.
»Könnten Sie nicht die Beschläge aus dem Keller heraufbringen, Hugo? Am besten in die Werkstatt, wo ich sie prüfen kann.«
Hugo trampelte die Treppe hinunter und verschwand.
Alistair führte die anderen mit der Sicherheit eines Fremdenführers zur Werkstatt.
Sie waren überrascht, als sie den großen Raum sahen. Hier befand sich noch alles, was ein Goldschmied für seine Arbeit braucht. Auf

der Werkbank standen mehrere Waagen, Flaschen mit verschiedenen Säuren und anderen geheimnisvollen Flüssigkeiten, Gravierwerkzeuge und schmiedeeiserne Formen. Das eine Ende des Raumes wurde von einem Schmelzofen eingenommen, während an den übrigen Wänden lange Regale angebracht waren.
»Es ist erstaunlich, daß es dem alten Mann gelungen ist, Hugo die Verarbeitung von Bronze beizubringen«, meinte Bill. »Dazu gehört eine anständige Portion Genauigkeit. Ah, Hugo, legen Sie die Dinger hier hin.«
»Vorsichtig«, warnte Cornelia Openshaw.
Und dann machte sich Bill Perlberg an seine Untersuchung. Die anderen sahen voller Spannung zu.
Stunde um Stunde verging. Bill ließ sich die Bilderrahmen bringen und Stücke vom Treppengeländer. Er untersuchte die Badewannen und die Bettstätten. Es wurde ein endlos langer, heißer Nachmittag. Und keiner wagte zu sprechen. Keiner wagte die entscheidende Frage zu stellen. Schließlich wischte sich Bill mit der Hand über die Stirn und blickte auf.
»Alles Bronze«, sagte er entmutigt. »Bronze oder bronziertes Messing.«
»Ich habe ein paar Goldfüllungen in den Zähnen«, sagte Vaughn und lachte. »Wieviel wird geboten?«

13

Es war ein harter Schlag, und es war ein Wunder, daß die Gruppe sich nach dieser herben Enttäuschung nicht in alle Windrichtungen zerstreute. Doch die Hoffnung hielt sie fest. Irgendwo mußte das Vermögen ja versteckt sein. Und Richard Queen blieb, weil er ungelöste Rätsel nicht ausstehen konnte.
Noch einmal durchsuchte man das Haus oder vielmehr das, was von dem alten Gebäude noch übrig war. Und wieder war die Suche erfolglos.
Dann stürzte man sich auf das Grundstück. Mit Spaten und Schaufeln bewaffnet , machten sich die Männer an die Arbeit. Selbst DeWitt Alistair ließ sich dazu herbei, seine gepflegten Spielerhände zu beschmutzen.

Das Verhältnis zwischen den frustrierten Erben wurde immer gespannter. Es kam ständig zu Reibereien. Nur noch mit Mühe wahrte jeder den Schein der Höflichkeit.
Und auch die Nacht wurde unerträglich. Richard Queen hielt es in dem bronzierten Bett nicht aus. Er kleidete sich lautlos an und stahl sich aus dem Zimmer. Als er um die Ecke bog, um den Hauptkorridor zu betreten, hörte er irgendwo leise eine Tür gehen. Er erstarrte.
Gleich darauf tauchte Vaughn im Halbdunkel auf. Er trug einen Morgenrock. Auf Zehenspitzen tastete er sich durch den Flur. Richard folgte ihm geräuschlos. Zu seiner Verblüffung blieb Vaughn vor der Tür zu Cornelia Openshaws Zimmer stehen. Er klopfte leise – dreimal kurz, dreimal lang. Es mußte ein verabredetes Zeichen sein. Dann quietschte kaum hörbar die Tür, und Vaughn verschwand. Danach war alles still.
Richard wartete auf einen Schreckensschrei der alten Jungfer. Doch er kam nicht. Dafür vernahm Richard andere Geräusche. Flüstern, Kichern, das Ächzen der Sprungfedern. Richard kehrte in sein Zimmer zurück.
Er ging nicht zu Bett. Rastlos wanderte er auf und ab. Gegen Morgen hörte er Vaughn wieder durch den Flur tappen.

Am folgenden Tag durchstreifte Bill Perlberg den Wald, der das alte Haus umgab, mit einem Metalldetektor, den er sich in Phillipskill auf eigene Kosten besorgt hatte. Einmal glaubte er, einen Fund gemacht zu haben, und rief eiligst die Arbeitsgruppen herbei. Im Schweiße des Angesichts gruben die Männer mit wilder Entschlossenheit drauflos. Die Grube wurde tiefer und tiefer, doch sie fanden nichts.
Richard Queen hielt sich von den anderen fern. Er wanderte durch den Wald und hing seinen Gedanken nach. Erst am Spätnachmittag, als die Suchaktion abgebrochen wurde und alle erschöpft und mit leeren Händen wieder in das alte Haus zurückkehrten, gesellte er sich zu der Gruppe der Erben.
Der Himmel hatte sich verdüstert. In der Ferne war Donnergrollen zu vernehmen. Ein plötzlicher Wind kam auf. Und dann schlugen schon die ersten Regentropfen an die Fenster.
Die Frauen waren nervös. Sogar Vaughn schien es nicht ganz geheuer zu sein. Man eilte durch das Haus, um alle Läden zu schlie-

ßen.
Nach dem Abendessen erlosch das Licht. Als wäre das ein Signal gewesen, legte sich der Wind plötzlich. Unheimliche Stille kehrte ein.
»Sieht nach einem Hurrikan aus«, bemerkte Richard, der mit Hugo zusammen Kerzen verteilte. »Wenn es schlimm wird, müssen wir uns eben im Keller verkriechen. Ich persönlich habe keine Lust, mir bei Kerzenlicht den Abend um die Ohren zu schlagen. Ich gehe zu Bett. Kommst du, Jessie?«

»Jessie!« rief Richard und rüttelte seine Frau wach.
Jessie fuhr erschreckt hoch. Er hielt eine brennende Kerze in der Hand. Schatten huschten durch das Zimmer. Jessie hätte schwören können, daß das alte Haus bebte. Von draußen war das Toben des Sturms zu vernehmen.
»Was ist los, Richard? Hat der – sind wir . . .?«
»Zieh dich rasch an, Jessie. Zieh den Mantel über und setz was auf den Kopf. Ich muß die anderen wecken. Wir treffen uns unten.«
»Ja, aber – wie spät ist es überhaupt?«
»Gleich Mitternacht. Johnny hat mir eben das Signal gegeben.«
»Was für ein Signal?«
Doch er war schon verschwunden.
In der Empfangshalle hatte sich eine recht gereizte Gruppe verschlafener Menschen zusammengefunden. Einige von ihnen trugen Kerzen. Sie hatten alle ihre Mäntel übergezogen. Richard war nirgends zu sehen.
»Wo ist mein Mann?« fragte Jessie.
»Er weckt Bill Perlberg«, antwortete Dr. Thornton. »Was ist eigentlich los, Mrs. Queen?«
»Ich weiß es nicht . . . Ah, da sind sie ja.«
Richard und Bill kamen die Treppe herunter. Sogleich schloß sich die Gruppe um Richard.
»Moment, Moment«, rief er auf die Fragen, die auf ihn einstürmten. »Wir haben keine Zeit zu langen Erklärungen. Wir müssen hinaus.«
»In diesem Sturm?« kreischte Cornelia Openshaw entsetzt.
»In diesem Sturm. Bitte löschen Sie die Kerzen.«
»Sie wollen uns mal eine andere Version des spannungsgeladenen letzten Kapitels vorführen, was, Inspektor?« meinte Vaughn spöt-

tisch.
»Die letzte, hoffentlich. Gehen Sie, los.«
Cornelia umklammerte den Arm des Privatdetektivs. »Ich gehe mit dir – Ihnen, Mr. Vaughn.«
Richard nickte Jessie zu, dann ging er zur Tür. »Ich schlage vor, daß jeder sich an seinem Vordermann festhält«, sagte er. »Ich gehe voran.«
Er öffnete die Tür. Das Brausen des Sturms schlug ihm entgegen. Nachdem er sich vergewissert hatte, daß Jessie sicher an seinem Mantel hing, senkte er den Kopf und trat hinaus. Noch ehe sie zwei Meter zurückgelegt hatten, waren sie bis auf die Haut durchnäßt. Die ganze Welt schien vom Heulen des Orkans erfüllt. Die schwankenden Bäume ächzten. Mit ihrer ganzen Kraft mußten sie sich gegen die Gewalt des Sturms vorwärts kämpfen. Richard führte die Gruppe an der aufgerissenen Auffahrt entlang zu der Baumreihe, die das Grundstück von der Straße abgrenzte.
Kaum vernehmbar war der schrille Schrei, den Cornelia Openshaw ausstieß, als sie die Bäume erreichten. Es waren die fünf Autos der alten Freunde Richards, die dort aufgereiht standen. Die alten Männer saßen wartend in ihren Fahrzeugen. Nur Johnny Kripps stieg aus. Er kämpfte sich durch den Sturm zu Richard Queen heran und schrie ihm etwas ins Ohr, während er gleichzeitig auf das Haus deutete. Der Inspektor nickte. Mit gesenktem Kopf und flatterndem Mantel marschierte er von einem zum anderen und brüllte durch das Tosen des Orkans: »Halten Sie sich an den Autos fest, und behalten Sie das Haus im Auge.«
Während die acht Menschen naß, durchgefroren und verwirrt bei den Wagen Zuflucht suchten, winkte der Inspektor Johnny Kripps zu. Kripps kroch wieder in seinen Wagen und schaltete die Scheinwerfer ein. Sekunden später flammten auch die Scheinwerfer der vier anderen Fahrzeuge auf. Das alte Haus war plötzlich in eine Lichtflut getaucht. Wie eine Vision erhob es sich aus der Dunkelheit.
Und durch den Regenschleier erblickten sie die Gestalt eines Mannes, der im Schatten der unzähligen Kamine auf dem Dach umherkletterte. Bald sprang er waghalsig von einem Dachvorsprung zum anderen, bald tastete er sich vorsichtig an einem der Kamine entlang. Sie sahen seine Füße auf den regennassen Schindeln ausgleiten. Auf allen vieren kroch er über den Dachfirst, bewegte sich vor-

wärts wie eine riesige unförmige Spinne.
Er hatte ein Rettungsseil um den Bauch, das an einem der Kamine verankert war. Und sie sahen, wie sich das Seil entrollte, wie er sich um jeden einzelnen Kamin herumtastete und ihn so mit einer Schlinge des Seils umgab. Es war, als webte eine Spinne dort oben ihre Netze. Einmal verlor er den Halt und geriet gefährlich ins Schwanken. Die Frauen schrien entsetzt auf, doch sie konnten den Blick nicht von dem Schatten des Mannes wenden, der da im strömenden Regen mit fliegenden Kleidern in gefährlicher Höhe sein Leben aufs Spiel setzte.
Er schien des Lichtscheins nicht gewahr, der ihn umhüllte. Vielleicht hatte er das Gefühl für Zeit und Raum verloren. All seine Sinne schienen sich auf sein Vorhaben zu konzentrieren: die Kamine zu sichern, sie miteinander zu verankern, so daß der Sturm sie nicht hinwegfegen konnte.
Und dann schrien sie alle. Er hing an einer Ecke des Dachs, als ein heftiger Windstoß ihn erfaßte. Die Schindeln unter seinen Füßen hoben sich und rissen sich los. Einen Augenblick schien es, als schwebte der Mann im Nichts. Dann stürzte er.
Er fiel aus dem Lichtschein in die schwarze Schlucht darunter. Das Seil, das um seinen Körper gelegen hatte, sprang hoch und tanzte einen Moment über dem Dach.
Die fünf Männer schalteten die Fernlichter aus. Im trüben Strahl des Abblendlichts, vom Wind getrieben, eilten sie alle zu der Stelle, wo der Mann vom Dach gestürzt war.
An der Ecke des Gebäudes fanden sie ihn, halb begraben unter zerbrochenen Dachschindeln.
»Genickbruch«, schrie Dr. Thornton. »Er ist tot.«
In diesem Moment legte sich der Wind, das Trommeln des Regens senkte sich zu einem sachten Rauschen. Und in das Schweigen hinein sagte Richard Queen laut und deutlich: »Das ist vielleicht die beste Lösung. Er hat Hendrik Bronx getötet.«
Es war Hugo.

Hugo Zarbus wurde neben seinem Herrn und Meister begraben. Und erst danach enthüllte Richard Queen die traurige Wahrheit.
»Wir waren schon lange zu dem Schluß gekommen«, begann der Inspektor, »daß der alte Bronx Wände und Decken des alten Hauses verstärken lassen wollte, weil er vorhatte, sie zusätzlich zu belasten.

Wir waren uns einig, daß dieses zusätzliche Gewicht sein Vermögen darstellen mußte – das Gold. Warum aber fanden wir es nicht? Wieso waren jene Gegenstände – die Betten, die Täfelungen, die Badewannen, die Bilderrahmen –, die wir für bronziertes Gold hielten, eben weil sie unverrückbar waren, in Wirklichkeit auch nur Bronze oder bestenfalls bronziertes Messing? Warum können wir das Gold nicht finden, obwohl Bronx Vaughn versicherte, daß es im Haus untergebracht ist? Hat Bronx gelogen? Oder hat er die Wahrheit gesagt – vielmehr das, was er für die Wahrheit hielt?«
»Sie meinen«, rief Bill, »der alte Mann glaubte, das Gold befände sich im Haus, und in Wirklichkeit war es anderswo versteckt?«
»Ich meine«, versetzte der Inspektor, »daß der alte Mann betrogen worden ist. Als mir das klar wurde, fiel es mir wie Schuppen von den Augen. Es ist leicht, einen Blinden zu betrügen. Woher hätte der alte Bronx wissen sollen, ob die Rahmen beispielsweise, die an die Wände geschraubt wurden, wirklich aus Gold waren? Er konnte keine chemische Untersuchung vornehmen. Sie waren nicht von der Wand zu bewegen. Er konnte also auch ihr Gewicht nicht prüfen. Er hatte keine Möglichkeit festzustellen, ob er betrogen worden war. Wer aber kann ihn betrogen haben? Nur Hugo Zarbus. Hugo war der einzige Gefährte des alten Bronx. Hugo arbeitete in der Werkstatt. Folglich muß Hugo derjenige gewesen sein, der den Anweisungen des alten Bronx zuwiderhandelte. Er verwendete zur Herstellung der Gegenstände kein Gold, sondern reine Bronze. Und Hendrik Bronx ist niemals dahintergekommen.«
»Als mir das klar wurde«, fuhr der Inspektor fort, »wußte ich, daß wir nicht das Versteck des alten Bronx zu suchen hatten, sondern Hugos Versteck. Wo hätte Hugo das Gold verbergen können? Überall eigentlich. Im Wald, auf dem Grund des Hudson, vielleicht auch an einem Ort, der weiter entfernt war. Ich ging in Gedanken noch einmal die Orte durch, die wir untersucht hatten. Hatten wir wirklich jede Möglichkeit erschöpft? O nein. Wir hatten zwar das Haus durchsucht, wir hatten unter dem Haus gesucht, um das Haus herum, aber nicht auf dem Dach!
Und als mir das einfiel, erinnerte ich mich plötzlich an den Kostenvoranschlag des Bauunternehmers Sloan. Darin hatte ich etwas von Kaminreparaturen gelesen. Sloan erklärte mir auf meine Frage, daß die Kamine bei einem schweren Sturm eingestürzt waren. Doch Sloan nahm die Ausbesserungsarbeiten nicht vor, weil Bronx der

Preis zu hoch war, obwohl Sloans Voranschlag der niedrigste gewesen war. Unter diesen Umständen hatte Bronx die Kamine sicherlich auch nicht von einer anderen Firma ausbessern lassen. Doch als wir hier ankamen, konnte ich keinerlei Schäden an den Kaminen feststellen. Sie müssen also repariert worden sein. Wer anders als Hugo kann die Ausbesserungsarbeiten ausgeführt haben? Und wenn Hugo die Kamine ausgebessert hatte, dann war ich wieder da, wo ich angefangen hatte mit meinen Überlegungen – beim Dach. Ich habe inzwischen auf eigene Faust dort oben meine Untersuchungen angestellt. Hier ist ein Muster.«
Es war ein Backstein aus dem Kamin. Der Inspektor riß ihn auseinander. Offensichtlich hatte er den Stein vorher schon zerbrochen. Sie sahen, daß er innen hohl war.
»Ist das alles?« fragte Mrs. Alistair scharf. »Was war in der Höhlung?«
»Moment«, sagte der Inspektor. »Ich bin noch nicht fertig. Ich sagte Ihnen gestern abend, daß Hugo den alten Mann getötet hat.«
»Ja, aber warum hat er denn so lange gewartet?« fragte Sheriff Fleck. »Wenn er die ganze Zeit das Gold da oben versteckt hatte, hätte er doch den alten Bronx schon vor Jahren umbringen können.«
»Selbst Hugo in seiner Beschränktheit war klar, daß er sofort verdächtigt werden mußte, wenn dem alten Bronx etwas zustieß. Er war schließlich der einzige, der mit ihm zusammenlebte. Doch als Bronx dann seine zukünftigen Erben einlud, sah Hugo die Gelegenheit gekommen. Zuerst versuchte er, Bronx mit dem Feuerhaken zu töten. Dieser Anschlag mißlang. Beim zweitenmal wollte er auf Nummer Sicher gehen. Sie erinnern sich alle, daß er an dem betreffenden Abend Ausgang hatte. Er hat wahrscheinlich gerade so viel getrunken, daß man ihm sein Alibi am nächsten Morgen glauben würde. Mitten in der Nacht stahl er sich zurück ins Haus, stach Vaughn mit dem Messer in den Rücken, riß es wieder heraus und überfiel den alten Bronx. Seinen Wagen ließ er mit voller Absicht im Gebüsch stehen und legte sich dann voll angekleidet zu Bett, um uns glauben zu machen, daß er bei seiner Rückkehr tatsächlich sinnlos betrunken gewesen sei.«
»Dieser Blödian?« fragte Vaughn ungläubig. »Das traue ich ihm nicht zu.«
»Es wird Ihnen nichts anderes übrigbleiben, Vaughn. Er hat uns alle auf den Leim geführt, auch den alten Bronx.«

»Beweise«, ließ sich Sheriff Fleck vernehmen. »Ich brauche Beweise.«
»Wer sonst kann den Mord begangen haben, Sheriff?«
»Ja, aber warum mußte denn Hugo den Alten überhaupt umbringen?« fragte Alistair. »Er hatte das Gold, und Bronx hatte keine Ahnung davon. Hugo brauchte doch nur auf den Tod des alten Knakkers zu warten.«
»Haß!« sagte der Inspektor. »Jahrelang wurde Hugo von seinem Herrn wie ein Sklave gehalten. Er wurde herumkommandiert, beleidigt und mußte sich zu Tode schuften. Er muß den alten Mann gehaßt haben wie die Pest. Als wir eintrafen, sah Hugo, wie ich schon sagte, seine Gelegenheit gekommen. Und er packte sie beim Schopf.«
»Ja, aber warum haben Sie uns denn nicht gleich die Wahrheit gesagt, als Sie hinter Hugos Geheimnisse kamen, Inspektor?« wollte Cornelia Openshaw wissen.
»Weil ich Hugo überführen mußte. Ich hatte ja nur meine Theorie. Der Sturm kam mir wie gerufen. Mir war klar, daß Hugo fürchten würde, die Kamine könnten erneut einstürzen. Und das wollte er natürlich vermeiden. Ich hoffte, daß er aufs Dach steigen würde, um seine Kamine zu sichern. Und genau das hat er ja dann auch getan.«
»Nun«, meinte Dr. Thornton schließlich. »Wollen Sie uns nicht zeigen, was Sie in dem Ziegelstein gefunden haben?«
Der Inspektor zögerte. »Ich fürchte, ich muß Sie enttäuschen«, sagte er dann. »Das, was Hugo für Gold hielt, war nämlich Messing.« Er zeigte ein golden glänzendes Stück Metall.
»Sind Sie sicher?« rief Alistair.
»Das ist doch nicht möglich!« schrie Cornelia Openshaw schrill.
Die anderen starrten ihn fassungslos an.
»Bitte«, sagte Richard Queen und reichte das Metallstück Bill Perlberg, »untersuchen Sie es.«
Bill Perlberg rannte in die Werkstatt. Die anderen warteten atemlos.
»Es ist tatsächlich Messing«, rief Bill, als er zurückkehrte.
»Und auch in den anderen Steinen, die ich aus den Kaminen löste, fand ich nichts als Messing.«
»Messing«, zischte Elizabeth Alistair. »Erst Bronze, dann Messing.«

»Das Vermögen, mit dem Hendrik Bronx uns den Mund wäßrig machte, hat nie existiert«, erklärte Richard Queen. »Es war eine Illusion. Die Ausgeburt eines greisenhaften Gehirns, der Traum eines Schwachsinnigen. Der Geist des alten Mannes muß verwirrt gewesen sein. Ich bin überzeugt, er steigerte sich in seine Phantasie hinein, daß er am Schluß selbst glaubte, das Messing wäre Gold. Und den armen Hugo hat er auch davon überzeugt. Der Verrückte band dem Schwachsinnigen einen Bären auf, und der Schwachsinnige betrog den Verrückten. Ein amüsantes Spiel. Nur für Sie, die der alte Bronx zu seinen Erben erkor, ist es zum Alptraum geworden.«

14

Die Alistairs bliesen als erste zum Aufbruch. Als Richard und Jessie ihre Sachen hinuntertrugen, um sie im Mustang zu verstauen, war das Ehepaar bereits verschwunden.
»Auf Nimmerwiedersehen hoffentlich«, bemerkte Cornelia Openshaw. Es klang nicht so giftig wie sonst, eher nachdenklich. Sie stand wartend vor dem Haus, ihre Reisetasche aus Krokodilleder zu Füßen. Ihr Gesicht war geschminkt wie zu einem Bühnenauftritt. Dennoch wirkte Miss Openshaw beinahe aufgeblüht, nicht so verkniffen wie früher. Jessie hoffte, daß das von Dauer sein würde.
»Können wir Sie mitnehmen, Miss Openshaw?« fragte sie zu Richards Entsetzen.
»Oder sollen wir Ihnen vielleicht von Phillipskill aus ein Taxi schikken?« fügte er rasch hinzu, obwohl er wußte, daß Jessie ihm später wegen seiner Unhöflichkeit Vorwürfe machen würde.
»Nein, vielen Dank«, versetzte Cornelia Openshaw liebenswürdig. »Mr. Vaughn hat sich freundlicherweise erboten, mich nach New York mitzunehmen. Da kommt er schon.«
Vaughns mitgenommener Austin-Healey knatterte um die Ecke. Der Fahrer machte keinen glücklichen Eindruck. Mit unfreundlicher Miene hielt er den Wagen an, sprang heraus, schleuderte Miss Openshaws Reisetasche auf den Rücksitz und schwang sich wieder hinter das Steuer, ohne seiner Mitfahrerin die Tür geöffnet zu haben. Selbst durch die Puderschicht hindurch war zu sehen, daß Miss Openshaw errötete. Dennoch ließ sie sich hocherhobenen

Hauptes neben Vaughn nieder. Jessie wandte sich ab.
»Ich dachte, Sie würden bleiben, Vaughn, um die letzten Formalitäten zu regeln«, bemerkte Richard Queen.
»Was gibt es noch zu regeln?« gab Vaughn mißgelaunt zurück. »Den Nachlaß kann ich auch von meinem Büro aus in Ordnung bringen – wenn ich jemals meine Papiere zurückbekomme. Die hat mir dieser übereifrige Sheriff nämlich abgenommen. Können wir fahren, Corny?«
»Ja, Lieb . . . Mr. Vaughn.«
»Okay.« Der Motor heulte auf, Kies spritzte nach allen Seiten, und der kleine Wagen brauste davon.
»Die Flitterwochen scheinen vorüber zu sein«, stellte Richard fest.
Dr. Thornton steuerte seinen Wagen um die Ecke und hielt an. Er hatte sich das Haar schneiden lassen und seinen roten Schnauzbart gestutzt. In seinen Augen spiegelten sich Lebhaftigkeit und neue Zuversicht. Er schien wieder ganz der alte zu sein.
»Ich freue mich auf meine Praxis«, sagte er, »auf die brüllenden Kinder und die rücksichtslosen Frauen, die mich mitten in der Nacht aus dem Bett holen, weil sich ihr Baby angemeldet hat. Ich bin froh, daß ich diesen bösen Traum hier hinter mir habe.«
»Aber, Dr. Thornton«, meinte Jessie tadelnd, »der alte Mann war doch Ihr Vater.«
»Es wäre mir lieber gewesen, wenn ich es nie erfahren hätte. Mein Gott, wie die Geldgier einen Menschen verwandeln kann. Aber das habe ich jetzt hinter mir.«
»Mr. Bronx war ein kranker Mensch.«
»Mrs. Queen«, versetzte Dr. Thornton, »ich habe mein Leben lang mit kranken Menschen zu tun gehabt. Es lebe die Gesundheit! So, und jetzt fahre ich. Und wenn Sie's wissen wollen, Sie beide waren der einzige Lichtstrahl in diesen gräßlichen Wochen. Vielen Dank für alles.« Er fuhr ab.
Richard und Jessie wollten eben in den Mustang steigen, als Lynn O'Neill und Bill Perlberg auftauchten. Bill schleppte zwei Koffer, und Lynn hing an seinem Arm.
»Und Sie beide?« fragte Richard und lehnte sich aus dem Wagen. »Was haben Sie vor?«
»Zuerst«, antwortete Bill und stellte die beiden Koffer nieder, »werde ich nach Hause fahren und Keith mal kräftig den Marsch

blasen, und dann werde ich diese junge Dame zum nächsten Friedensrichter schleppen.«
»Ja, und wir wollen vier Kinder«, mischte sich Lynn strahlend ein.
»Was?« Bill sah sie verdutzt an. »Zweieinhalb ist der amerikanische Durchschnitt.«
»Vier«, versetzte Lynn energisch. »Zwei Jungen und zwei Mädchen.«
»Vier Jungen!«
»Bill! Ich wußte gar nicht, daß du was gegen Mädchen hast.«
»Nur gegen kleine!«
Sie lachten beide. Lynn drückte Jessie einen Kuß auf die Wange, Bill nahm seine Koffer wieder auf, und dann eilten die beiden jungen Leute zur Garage. Hendrik Bronx und sein nicht existentes Millionenvermögen waren längst vergessen.
Die Queens hatten sich mit den fünf Freunden des Inspektors im *Old River Inn* verabredet. Dort wollten sie gemeinsam einen Happen essen, ehe sie nach New York zurückkehrten.
»Tut mir leid, daß ich Sie alle in diese idiotische Sache hineingezogen habe«, meinte Richard.
»Ha!« rief Al Murphy. »Es hat uns doch einen Heidenspaß gemacht.«
Die grauen Köpfe nickten.
»Ich finde es einfach bewundernswert, wie Sie alle Richard geholfen haben«, bemerkte Jessie. »Es ist wirklich schade, daß Sie nicht immer zusammenarbeiten können.«
»Ja, das ist schade«, bestätigte Wes Polonsky nachdenklich. »Ich wollte, es gäbe eine Möglichkeit . . .«
»Die hätte es schon gegeben, wenn die sechs Millionen wirklich existiert hätten«, warf Johnny Kripps ein. »Einer von den Erben hätte Dick oder uns vielleicht ein paar tausend für unsere Bemühungen zugesteckt, und dann hätten wir eine Detektei aufmachen können.«
»He!« rief Pete Angelo. »Kein übler Einfall. Was halten Sie davon, Dick?«
»Großartig«, meinte Richard lächelnd. »Wir könnten unser Büro in der Madison Avenue . . .«
»Und den jungen Spritzern in der Centre Street mal beweisen, daß das Leben mit dreiundsechzig anfängt«, rief Hugh Griffin la-

chend.
»Wir sechs zusammen können beinahe auf zweihundert Jahre Erfahrung zurückblicken.« Al Murphy nickte. »Je länger ich darüber nachdenke, desto verlockender wird die Idee.«
»Ja, zweihundert Jahre Erfahrung und kein Geld«, stellte Wes Polonsky realistisch fest.
Damit war dem Pläneschmieden ein Ende gesetzt. Schweigend starrten alle in ihre Kaffeetassen.
Und in diesem Augenblick tauchte Sheriff Fleck auf. Mit hochrotem Kopf marschierte er wutschnaubend auf sie zu, als wollte er sie alle auf der Stelle verhaften.
»Ich erhielt eben einen Anruf von einem meiner Beamten«, donnerte er und zog sich einen Stuhl heran. »Er hat Sie hier anhalten gesehen. Ein Glück. Ich habe Ihnen nämlich etwas zu sagen.«
»Ja?« fragte Richard Queen. »Was ist los, Sheriff?«
»Das will ich Ihnen sagen«, fuhr der Sheriff ihn an. »Ich habe genug von Ihren Phantastereien, Queen. Wie Sie's jemals zum Inspektor gebracht haben, ist mir schleierhaft. Sie besitzen allenfalls das Zeug zum Verkehrspolizisten!«
»Was soll das heißen?« Der Inspektor war blaß geworden.
»Sie haben wieder mal einen Kapitalbock geschossen. Diese ganze Geschichte, wie der alte Bronx umgebracht worden ist . . .«
»Ich habe es Ihnen doch bewiesen!«
»Ich werde Ihnen gleich zeigen, was Sie mir bewiesen haben, Queen. Als ich heute in mein Büro kam, sah ich die Akte Bronx durch, weil ich mir überlegen wollte, wie ich den Fall der Presse präsentieren sollte. Schließlich war der Mörder ja tot, und wir hatten keine konkreten Beweise, die wir hätten vorlegen können. Ich meine, wir hatten nichts als Ihre wunderschöne Theorie, Queen. Na ja, ich nehme also die Akte, und da fällt ein Zettel raus. Und als ich mir den Fetzen ansehe, stelle ich fest, daß er mir überhaupt noch nicht zu Gesicht gekommen ist. Und kein Mensch hat es für nötig gehalten, mir Bescheid zu sagen. Bob legte das Papier einfach zu den Akten. Und Sie, Queen, hatten auch keine Ahnung von der Sache, sonst hätten Sie nicht solchen Unsinn geredet.«
Richard sank das Herz. Jessie schloß die Augen. Sie tastete unter dem Tisch nach seiner Hand. Er klammerte sich an sie wie ein Ertrinkender.
Die fünf alten Männer waren mäuschenstill.

»Sie erinnern sich doch an den Abend, als Hugo Ausgang hatte und sich vollaufen ließ? Ich mußte in der Nacht meine Frau nach Long Island fahren, weil ihre Mutter plötzlich erkrankt war. Ich kam erst am nächsten Morgen nach Phillipskill zurück und fand die Nachricht von Bronx' Tod vor. Ich hatte es zu eilig, um mir die Nachtberichte anzusehen, und später war ich mit dieser verdammten Sache so beschäftigt, daß ich es vollkommen vergaß. Jetzt könnte ich mich ohrfeigen dafür. Wenn die Notiz, die Bob in die Akte legte, nicht zufällig herausgefallen wäre, dann wüßte ich jetzt noch nichts davon.«
»Erklären Sie sich doch endlich, Sheriff! Was ist geschehen?«
Doch Sheriff Fleck wollte die Geschichte auf seine eigene Weise erzählen. »An dem Abend, an dem er Ausgang hatte, tauchte Hugo zunächst in dieser Kneipe in Phillipskill auf. *Brookie's Place* heißt sie. Dort ließ er sich vollaufen. Das Bier stieg dem Burschen anscheinend ziemlich rasch zu Kopf, und er wurde angriffslustig. Daraufhin schickte Brookie ihn ungefähr gegen Mitternacht nach Hause. Okay. Jetzt kommt der Witz an der Sache. So um zwei Uhr herum tauchte Hugo nämlich wieder bei Brookie auf und verlangte Bier. Er schien sich von seinem ersten Rausch etwas erholt zu haben, und Brookie, geschäftstüchtig, wie er ist, schenkte ihm wieder Alkohol aus. Na, binnen einer halben Stunde war der Kerl vollkommen blau. Er führte sich auf wie ein Verrückter, grölte und randalierte und drohte, jeden, der ihm in die Quere kam, kurz und klein zu schlagen.«
»Hugo?« fragte Jessie überrascht.
»Das hätten Sie ihm nicht zugetraut, was? Und Ihr Gatte hier« – der Sheriff bedachte Richard mit einem feindseligen Blick – »offenbar auch nicht. Nun, mit diesem Gorilla wollte sich natürlich keiner anlegen. Daraufhin fing er an, die Einrichtung zu demolieren. Brookie rief in seiner Not die Polizei an, und Bob fuhr sofort hinüber. Er verfrachtete Hugo zusammen mit einem anderen Beamten in den Streifenwagen und sperrte ihn in eine Zelle.«
Der Inspektor befeuchtete sich die Lippen. »Um welche Zeit war das?«
»Um zwei Uhr sechsundvierzig«, versetzte Sheriff Fleck mit bitterer Befriedigung.
Schweigen.
»Aber nach einer Stunde oder so ließen sie ihn wohl wieder gehen,

was?« warf Johnny Kripps ein. »Anders kann es nicht gewesen sein.«
»Von wegen«, versetzte Sheriff Fleck scharf. »Es war genau sieben Uhr, als sie ihn wieder an die Luft setzten. Und da war er immer noch nicht ganz nüchtern. Bob wollte ihn zurückfahren, doch Hugo bestand darauf, selbst heimzufahren. Bob brachte ihn hinüber zu Brookie, wo der Honda geparkt war, und dann zuckelte Hugo davon. Und das ist Ihr Mörder, Queen. Jetzt erklären Sie mir mal, wie Hugo den alten Bronx umgebracht haben soll, wenn er zwischen vier und sechs in der Zelle saß!«
Ohne ein weiteres Wort sprang der Sheriff auf und stampfte aus dem Gasthaus. Die anderen saßen da wie betäubt.
»Richard«, sagte Jessie schließlich und drückte die Hand ihres Mannes. »Richard, das ist doch kein Weltuntergang.«
»Aber fast, Jessie«, versetzte der Inspektor. Er entzog ihr sachte seine Hand und schob den Tisch zurück. »Ich weiß zwar nicht, was Sie vorhaben«, meinte er, »aber ich verkrieche mich jetzt zu Hause in meinen Lehnstuhl hinter meine Zeitung. Da gehöre ich hin. Ich hab' die Nase voll.«

15

Ein Weiser, heißt es, läßt sich niemals überraschen. Doch der Inspektor war an dem Punkt angelangt, wo er an seiner Weisheit zweifelte, und so war es kein Wunder, daß er überrascht war, freudig überrascht, als er die Tür zu seiner Wohnung öffnete und Jessie ins Wohnzimmer folgte.
»Hallo!« sagte Ellery.
Der Inspektor war einen Moment sprachlos. Ellery stellte sein Glas nieder und umarmte die beiden mit Wärme. Dann trat er einen Schritt zurück und musterte sie kritisch.
»Vater, du siehst gräßlich aus. Jessie , du bist der Prototyp der strahlenden jungen Frau. Wo habt ihr beide euch denn herumgetrieben? Ich hab' geschrieben, telegrafiert, telefoniert – alles ohne Erfolg. Beinahe hätte ich die Polizei alarmiert. Habt ihr etwa eine zweite Hochzeitsreise unternommen?«
»Ellery«, sagte Richard und hielt noch immer Ellerys Hand fest.

»Wann bist du nach Hause gekommen?«
»Vor drei Tagen. Was ist denn los! Ich mache jetzt einen Topf Kaffee, und dann müßt ihr mir alles erzählen.«
»In meiner Küche koche ich«, versetzte Jessie bestimmt. »Deinem Vater habe ich das bereits beigebracht. Ihr Junggesellen scheint für die Vorzüge der Frau überhaupt kein Organ zu haben.«
»Ich lerne schnell.« Ellery drückte ihr einen raschen Kuß auf die Wange und blickte ihr nach, als sie in die Küche eilte. »Die Frau hättest du schon vor Jahren heiraten sollen, Vater.«
»Das wünschte ich auch.«
»Ihr habt euch also zusammengerauft?«
»Ich war nie im Leben glücklicher.«
»So siehst du aber nicht aus.«
»Das hat mit Jessie nichts zu tun. Wenn sie nicht gewesen wäre, hätte ich mich gleich aufhängen können. Ellery, du bist genau das, was mir der Arzt verschrieben hat. Ich bin froh, daß du da bist.«
»Das klingt ja so, als hättest du allerhand Unerfreuliches hinter dir.«
Sein Vater schnitt eine Grimasse. »Ich wollte, ich hätte gewußt, daß du zurück bist, Ellery. Dann hätte ich dich zu Hilfe gerufen und mich nicht vollkommen lächerlich gemacht.«
»Worum geht's denn, Vater? Schieß los.«
Doch der Inspektor wartete, bis Jessie mit dem Kaffee zurückkehrte. Erst als sie sich neben Ellery auf dem Sofa niedergelassen hatte, begann er zu erzählen.
Mitternacht war längst vorüber, als er zum Ende kam.
»Und das ist alles?« fragte Ellery und zupfte sich an der Nase, wie immer, wenn er nachdachte.
»Das ist alles, Ellery. Ich war überzeugt, ich hätte die Lösung gefunden. Doch wenn Hugo wirklich in einer Ausnüchterungszelle saß, dann ist mein ganzes schönes Gebäude zusammengestürzt. Siehst du, wo ich mich geirrt habe?«
Ellery antwortete mit einer Gegenfrage. Auf die Erwiderung seines Vaters nickte er, stellte eine zweite Frage, ließ sich die Antwort durch den Kopf gehen, überlegte stirnrunzelnd das Für und Wider, prüfte die Sache noch einmal von einer anderen Perspektive aus und zog die Brauen zusammen.
»Könntest du noch mal Kaffee kochen, Jessie?« fragte er schließlich. »Ich glaube, wir kommen heute nicht mehr ins Bett.«

Die Morgendämmerung schimmerte durch die Fenster, als Ellery zum Ende seiner Analyse kam. Der Inspektor schüttelte unablässig den Kopf über seine eigene Blindheit. Doch er schien endlich Ruhe gefunden zu haben, und das war das einzige, worauf es Jessie ankam.

»Ja, das kommt genau hin«, murmelte Richard Queen. »Nur das Motiv leuchtet mir noch immer nicht ein. Was, zum Teufel, steckte dahinter?«

Ellery lächelte schief. »Sagtest du nicht, die Papiere über den Nachlaß des alten Bronx befänden sich bei Sheriff Fleck, Vater?«

Richard Queen nickte.

»Dann will ich sie mir mal ansehen, und zwar so bald wie möglich.«

»Das geht nicht«, mischte sich Jessie ein. »Dein Vater hat seit achtundvierzig Stunden nicht geschlafen. Er braucht Ruhe. Richard, du gehst jetzt erst mal zu Bett.«

»Nein, Jessie, nein. Ich könnte jetzt kein Auge zutun. Ellery . . .« Der Inspektor sah um Jahre jünger aus. »Wie wär's,wenn wir jetzt gleich nach Phillipskill führen?«

»Richard!« mahnte Jessie.

»Jessie, ich kann jetzt nicht schlafen. Ich muß mir diese Sache endlich vom Hals schaffen.« Er nahm sie in die Arme. »Entschuldige, Jessie. Ich muß mich eben erst an die Ehe gewöhnen. Du bist sicher todmüde. Wir verschieben unsere Fahrt, bis du dich ein wenig ausgeruht hast.«

»Ich? Ich bin überhaupt nicht müde«, versetzte Jessie rasch.

»Warum legst du dich nicht hin, während Ellery und ich . . .«

»Du willst mich wohl loswerden?«

»Der Tag wird nie kommen.«

»Schön, dann fahren wir alle drei, wie sich das für eine Familie gehört.«

Sie drängten sich also in dem roten Mustang zusammen und fuhren los. Das Polizeirevier in Phillipskill war ein altes Haus aus dem 18. Jahrhundert, im Stil der holländischen Siedler erbaut. Als Ellery den Mustang auf dem Parkplatz anhielt, sagte Inspektor Queen: »Da ist er!«, und Ellery erblickte einen rotgesichtigen beleibten Mann in blauer Uniform, der eben aus einem Polizeiwagen stieg.

»Gib's ihm nur richtig, Ellery«, sagte Jessie rachsüchtig. »Ich werde ihm nie verzeihen, wie er mit deinem Vater umgesprungen ist.«

Ellery stieg aus dem Mustang. Sheriff Fleck war stehengeblieben. Als er den Inspektor und Jessie sah, riß er die Augen auf. »Was, zum Teufel, haben Sie denn noch hier zu suchen? Sie sind doch gestern erst abgefahren.«

Richard trat grinsend auf ihn zu. »Darf ich Ihnen meinen Sohn vorstellen, Sheriff. Ellery, das ist Sheriff Fleck.«

»Ellery Queen!« echote der Sheriff. Beinahe wäre ihm die dicke Zigarre aus dem Mund gefallen.

»Er ist gerade aus Europa zurückgekehrt«, erklärte Richard Queen, »und ich habe ihm von diesem verrückten Fall berichtet.«

»Was wollen Sie hier?« knurrte der Sheriff.

»Ich hätte Sie gern gesprochen, Sheriff«, erklärte Ellery. »Doch erst möchte ich einen Blick in die Nachlaßpapiere werfen. Macht Ihnen das etwas aus?«

»Sind Sie der Ellery Queen, der . . .«

»Ja.«

»Schön.« Der Sheriff streckte die Hand aus. »Freut mich, Sie kennenzulernen.«

»Ebenfalls.«

»Kommen Sie herein, Mr. Queen. Oh, entschuldigen Sie, Mrs. Queen.« Er hielt ihnen die Tür mit schwungvoller Ritterlichkeit auf. Jessie stolzierte an ihm vorüber wie eine große Dame. Sie versagte es sich, ihm die Augen auszukratzen.

Der Sheriff holte die Akte Bronx aus seinem Safe, während sich Ellery an Flecks Schreibtisch niederließ. Nachdem der Sheriff ihm die Akte gereicht hatte, begann er mit aufreizender Gründlichkeit, jedes einzelne Schriftstück zu prüfen. Zehn Minuten lang warteten die anderen schweigend. Die Miene des Sheriffs wurde immer unfreundlicher.

»Was erhoffen Sie sich eigentlich?« brummte er, als Ellery einen Stapel Papiere herausnahm, die mit einer Klammer zusammengeheftet waren. »Das sind nur Steuersachen.«

»Nicht nur, Sheriff«, widersprach Ellery und riß ein Schriftstück heraus. »Nicht nur. Allerdings zweifle ich nicht, daß man sich gerade diese Reaktion von Ihnen erhoffte. Haben Sie sich die Papiere überhaupt einmal angesehen?«

»Klar. Ich habe sie durchgeblättert . . .«

»Genau. Flüchtig durchgeblättert, wie jeder das getan hätte, der nicht nach einem bestimmten Schriftstück suchte. Hier, Vater. Da

haben wir das Motiv.«
Der Inspektor, Jessie und Sheriff Fleck beugten sich über das Papier.
»Nicht zu glauben«, brummte der Inspektor voller Ehrfurcht.

Das hätte eigentlich das Ende sein müssen. Doch da Ellery jetzt die Hand im Spiel hatte, kam es anders.
Es verstrichen mehrere Tage. Der Inspektor und Ellery gingen geheimnisvollen Geschäften nach, während Jessie dem Queenschen Junggesellenhaushalt ein für allemal ihren Stempel aufdrückte. Und dann, eines Morgens, blätterte Richard Queen im Branchenverzeichnis und wählte eine Nummer.
»Detektei Vaughn«, meldete sich eine allzu vertraute Stimme.
Obwohl er aus freien Stücken den Anruf getätigt hatte, hätte der Inspektor am liebsten den Hörer gleich wieder aufgelegt. Selbst am Telefon klang die Stimme des Mannes spöttisch und verächtlich.
»Hier spricht Richard Queen.«
»Oh, hallo, mein Alter«, rief Vaughn. »Ich dachte, Sie hätten sich mit Ihrer späten Braut an den heimischen Herd zurückgezogen. Was gibt's denn?«
»Ihr Ton gefällt mir nicht, Vaughn«, versetzte der Inspektor gereizt. »Am liebsten hätte ich Sie gar nicht angerufen. Aber Sie sind nun mal der Testamentsvollstrecker, den Bronx bestimmt hat. Wollen Sie mir zuhören, oder nicht?«
»Worum geht's denn?«
»Im Fall Bronx hat sich etwas Neues ergeben.«
»Sie sind der geborene Verlierer, mein Bester.« Vaughn lachte spöttisch. »Was haben Sie denn jetzt wieder aufgetan?«
»Wir haben eine Notiz von Hugo Zarbus gefunden, aus der hervorgeht, wo der Alte sein Vermögen versteckt hat. Besser gesagt: Mein Sohn Ellery entdeckte das Schriftstück. Er ist vor kurzem aus Europa zurückgekommen, und als ich ihm von der Sache erzählte, fand er prompt den Zettel.«
»Sie haben nicht alle Tassen im Schrank.«
»Wie Sie wollen, Vaughn. Auf Wiederhören.«
»Moment! Nicht so schnell. Ich muß schließlich den Nachlaß regeln. Wo fand Ihr genialer Sohn denn das Papier?«
»Das kann ich Ihnen jetzt nicht sagen«, versetzte der Inspektor. »Wir werden in wenigen Minuten nach Phillipskill fahren, um die

Sache nachzuprüfen. Wenn es Sie interessiert, können Sie auch hinkommen. Mir persönlich wäre es lieber, wenn Sie mir nie mehr unter die Augen kämen.«

»Ist es Gold?«

»Nein, es ist kein Gold.«

»Na schön, dann bis später.« Vaughn lachte und legte auf.

Der Austin-Healey stand vor dem Haus, als sie ankamen. Vaughn lehnte am Wagen und rauchte. Aus zusammengekniffenen Augen musterte er Ellery, als die Queens aus ihrem Mustang stiegen.

»Sie sind also Elmer.«

»Ellery« berichtigte Ellery.

Dann drehte er sich um und ging zum Haus. Der Inspektor folgte ihm. Vaughn warf rasch seine Zigarette weg und eilte ihnen nach.

Ellery stand in der Empfangshalle und blickte sich um.

»Ich möchte Hugos Brief sehen«, sagte Vaughn.

»Warum?« fragte Ellery.

»Warum? Weil er wahrscheinlich gefälscht ist.«

»Das wird sich herausstellen. Entweder befindet sich die Bronzekassette an dem Ort, der in dem Schreiben angegeben ist, oder nicht. Im Augenblick kommt es uns auf die Kassette an, nicht auf den Brief.«

»Eine Kassette?« murmelte Vaughn. »Es muß sich also entweder um Wertpapiere oder um Schmuck handeln.« Er rieb sich die Hände. »Nicht schlecht. Gehen wir, Elmer. Wo ist die Kassette?«

Die Queens steuerten auf die Treppe zu.

»In Hugos Zimmer«, sagte der Inspektor.

»Sie halten mich wohl für blöd? Hugos Zimmer ist doch x-mal durchsucht worden.«

Der Inspektor zuckte die Achseln, ohne sich umzudrehen. »So steht es in dem Brief.«

»Dann ist es eine Fälschung«, stellte Vaughn fest. »In Hugos Zimmer kann die Kassette nicht sein.«

»O doch«, widersprach Ellery.

»Wieso? Wo soll sie denn da sein?«

»In der Matratze. So steht es in dem Brief.«

»Machen Sie sich doch nicht lächerlich. Die Matratze haben Sie doch selbst durchsucht.«

»Das weiß ich«, bestätigte der Inspektor. »Und Sie auch.« Er war vor der Tür zu Hugos Zimmer stehengeblieben. Es war heiß in dem kleinen Raum und wimmelte von Mücken und anderen Insekten. Nur das alte bronzierte Bett mit der aufgerissenen Matratze befand sich noch im Zimmer. Die Tür des Einbauschranks stand einen Spalt offen und quietschte leise im Luftstrom, der durch das offene Fenster drang.

»Mein Sohn hat dafür eine Erklärung«, setzte der Inspektor hinzu.

»Wenn ich recht verstanden habe«, sagte Ellery, »wurde ein Zimmer nach dem anderen untersucht. Die Suche war von Mahlzeiten, Perioden des Schlafens und anderen Dingen unterbrochen. Hugo brauchte Ihnen allen nur stets einen Schritt voraus zu sein, Vaughn. Als er hörte, daß sein Zimmer an die Reihe kommen sollte, nahm er die Kassette aus der Matratze und versteckte sie an einem anderen Ort; wahrscheinlich in einem Raum, den Sie eben erst durchsucht hatten. Und als Sie mit seinem Zimmer fertig waren, benutzte er die erste Gelegenheit, um die Kassette wieder in ihr Versteck zurückzubringen. Und bei der zweiten und dritten Haussuche wiederholte er den Trick einfach. Ich bin überrascht, daß keinem von Ihnen diese Möglichkeit in den Sinn kam.«

Vaughn starrte ihn mit offenem Mund an. Der Inspektor schüttelte den Kopf.

»Na los!« rief Vaughn ungeduldig. »Worauf warten wir noch?«

Ellery packte ihn am Arm. »Ich glaube«, sagte er, »wir sollten das meinem Vater überlassen.«

Die Schuhe des Inspektors knirschten auf dem Mörtel, der den alten Holzboden bedeckte. Die alten Dielen, die Trafuzzi und seine Leute notdürftig wieder eingelegt hatten, gaben hier und da unter seinem Gewicht nach. Doch er achtete nicht darauf. Seine ganze Aufmerksamkeit richtete sich auf das Bett.

Richard Queen bückte sich und befühlte mit tastenden Händen die Matratze.

»Tatsächlich!« rief er unvermittelt. Er riß die Matratze auseinander, und gleich darauf brachte er eine bronzierte Kassette von beachtlicher Größe zum Vorschein. Er stellte sie aufs Bett und blickte darauf nieder, als wollte er seinen Augen nicht trauen. Ellery eilte zu ihm und untersuchte die Kassette. Sie war mit den Ornamenten verziert, die überall in *Broncehall* anzutreffen waren, und besaß ein schweres Schloß.

»Damit werden wir schon fertig«, meinte Ellery. »Ist irgendwo ein

Werkzeug, mit dem wir die Kassette aufstemmen können?«
»Machen Sie sich keine Mühe, Elmer«, sagte Vaughn. Die Queens drehten sich um. Vaughn hielt einen Revolver in der Hand, dessen Lauf genau auf des Inspektors Nabel gerichtet war. Das Gesicht des Mannes war verzerrt – eine Studie der Gier und des Triumphs. »Gehen Sie hinüber zum Fenster. Los!«
Vater und Sohn tauschten einen Blick und gehorchten. Vaughn trat zum Bett, ohne den Blick von ihnen zu wenden. Es bereitete ihm einige Mühe, die Kassette mit einer Hand hochzuheben. Doch es gelang ihm schließlich. Er lachte.
»Bei dem Gewicht kann es sich nur um Schmuck handeln«, sagte er. »Vielleicht hab' ich Glück und finde auch ein bißchen Geld darin. Juwelen bringen bei den Hehlern nicht viel ein. Sechs Millionen Dollar! Schade, daß Sie nicht mal Gelegenheit haben werden, sich das Zeug anzusehen.«
»Sie wollen uns töten?« fragte Ellery.
»So leid's mir tut.«
»Sie haben also Hendrik Bronx umgebracht?«
Vaughn lachte höhnisch. »Klar – der alte Geizkragen hatte es nicht anders verdient. Warum auch nicht? Vierzehn Prozent oder mehr von sechs Millionen Dollar sind nicht zu verachten. Und jetzt kann ich mir die ganze Sache unter den Nagel reißen. Das hab' ich Ihnen zu verdanken, Elmer. Bleibt nur noch die Frage, wo ich Ihre schönen Leichen verschwinden lassen soll. Das beste wird der Hudson sein.«
»Dazu dürfte es kaum reichen«, bemerkte Ellery im Konversationston. »Sheriff, Sie und Ihr Mann können jetzt herauskommen.«
Vaughn wirbelte herum. Die Tür des Einbauschranks stand weit offen. Sheriff Fleck und einer seiner Beamten traten heraus.
»Lassen Sie die Waffe fallen, Vaughn«, befahl der Sheriff. Im gleichen Augenblick drückte Vaughn ab. Drei rasch aufeinanderfolgende Schüsse hallten. Vaughns Kugel bohrte sich in die Schranktür. Flecks und Lews Kugeln trafen Vaughn in der Herzgegend. Er krümmte sich und sank zu Boden. Ein Blutrinnsal floß aus der Wunde und versiegte.
Lew trat zum Bett und bedeckte die Leiche mit der Matratze.
Ellery nahm die Bronzekassette, die zu Boden gepoltert war.
»Sie haben sein Geständnis gehört, Sheriff?« fragte der Inspektor.

»Jedes Wort.« Fleck wischte sich das schweißnasse Gesicht. »Ich habe nie in meinem Leben auf einen Menschen geschossen. Ein seltsames Gefühl. – Ja, Lew hat alles mitgeschrieben.« Der Sheriff starrte auf die Matratze hinunter und schüttelte den Kopf. Jetzt denkt er bestimmt nicht an die Reporter, sagte sich der Inspektor. Aber man braucht ihm nur ein bißchen Zeit zu lassen. Ein kleines bißchen Zeit.

»Bis zu einem gewissen Punkt konnte ich den Gedankengängen meines Vaters zustimmen«, sagte Ellery. »Er hatte recht in seiner Annahme, daß der erste Anschlag auf Hendrik Bronx von bloßem Haß diktiert gewesen sein mußte; daß der Täter an der Erbschaft kein Interesse gehabt haben konnte, da Bronx ja zu dieser Zeit sein Testament noch nicht einmal aufgesetzt hatte. Es konnte tatsächlich nur Hugo gewesen sein. Aber dann hast du dich auf eine falsche Spur lenken lassen, Vater. Du glaubtest, weil Hugo das erstemal der Täter gewesen war, müßte er auch derjenige sein, der den alten Bronx schließlich umbrachte. Doch Hugo hatte, wie sich später herausstellte, ein Alibi. Wer sonst konnte ein Interesse am Tod des alten Bronx haben?«

Sie saßen im *Old River Inn* an dem großen runden Tisch – die drei Queens, die fünf alten Freunde des Inspektors und Sheriff Fleck mit seinem Beamten Lew, der sich eifrig Notizen machte. Fleck hatte sie alle eingeladen. Er hatte den Schock vom Morgen überwunden und bereitete sich jetzt auf das größte Ereignis seines Lebens vor – die Pressekonferenz.

»Aber woher wußten Sie, daß Vaughn der Mörder war, Mr. Queen?« fragte der Sheriff. »Lew, schreiben Sie das genau mit.«

»Wenn wir Hugo ausschließen«, meinte Ellery, »ändert sich das gesamte Bild. Es muß sich etwa folgendermaßen abgespielt haben: Hugo nimmt seinen freien Abend, sucht die Kneipe auf, läßt sich allem Anschein nach vollaufen, wird gegen Mitternacht schließlich hinausgeworfen und fährt sofort in seinem Honda nach Hause. Er hat vor, Hendrik Bronx zu töten. Diesmal jedoch muß er erst Vaughn aus dem Weg räumen, der vor der Tür des alten Mannes Wache hält. Vaughn schläft selig. Hugo sticht ihn in den Rücken. Doch statt nun sein Werk zu vollenden, statt den alten Bronx ebenfalls zu überfallen, verschwindet Hugo wieder. Entweder hat er es mit der Angst zu tun bekommen, oder er wollte auf einen günstige-

ren Augenblick warten. Wir wissen jedenfalls, daß der Mord zwischen vier und sechs Uhr morgens verübt wurde, während Hugo um zwei Uhr fünfzig etwa von der Polizei aufgegriffen und hinter Schloß und Riegel gesetzt wurde.«
»Damit also lag Vaughn ganz allein, mit einem Messer im Rücken, vor Bronx' Tür.«
»Das klingt sehr gefährlich«, fuhr Ellery fort. »Und in den meisten Fällen trifft es auch zu. Doch in Vaughns Fall scheint es anders gewesen zu sein. Als mein Vater ihn fand, war er bei Bewußtsein. Er konnte sich sogar aufsetzen. Und es dauerte nur kurze Zeit, da war er wieder völlig genesen. Das Messer kann also kein lebenswichtiges Organ getroffen haben. Es war eine reine Fleischwunde, nicht einmal besonders tief.
Daraus folgt, daß Vaughn möglicherweise schon gegen vier Uhr morgens sein Bewußtsein wiedererlangte. Was wird wohl seine erste Reaktion gewesen sein? Nun, das liegt auf der Hand. Die Tatsache, daß man ihn überfallen hatte, konnte ja nur bedeuten, daß man den alten Bronx aus dem Weg räumen wollte. Er marschierte also schnurstracks in das Zimmer des alten Mannes, um nach ihm zu sehen. Doch der Alte lag ruhig schlummernd und quicklebendig in seinem Bett. Vaughn sah sofort, daß sich hier die Gelegenheit zum perfekten Mord bot. Kein Mensch würde auf den Gedanken kommen, ihn zu verdächtigen, da die Wunde in seinem Rücken so lag, daß sie unmöglich selbst beigebracht sein konnte. Und mit dieser Überlegung war Vaughns Entschluß gefaßt. Er erstach den alten Bronx mit dem Messer, das sein Angreifer gebraucht hatte, legte sich auf sein Feldbett und spielte den Schwerverwundeten.«
»Ja, aber warum hat er den Alten denn nun umgebracht?« fragte Johnny Kripps. »Was erhoffte sich Vaughn denn davon?«
»Offenbar eine ganze Menge«, versetzte Ellery. »Das einzige, was der alte Bronx besaß, war das fiktive Millionenvermögen, mit dem er seinen auserkorenen Erben den Mund wäßrig machte. Vaughn muß also einen rechtlich einwandfreien Anspruch auf einen Teil dieses Vermögens gehabt haben. Diese Vermutung veranlaßte mich, in den Nachlaßpapieren nachzuforschen. Und als ich den Beweis fand – eine beglaubigte Erklärung eines gewissen Harding Boyle, daß er mit jenem Harding Boyle identisch war, den Hendrik Bronx zu seinem Erben bestimmt hatte –, da hatte ich die Bestätigung meiner Vermutung. Diese Erklärung nämlich war von

Vaughn J. Vaughn, dem Testamentsvollstrecker, beglaubigt.«
»Boyle«, murmelte Sheriff Fleck. »Der Erbe, der nie gefunden wurde. Sie meinen, Mr. Queen, daß Vaughn diesen Boyle in der Hand hatte?«
»Ich meine, daß Vaughn J. Vaughn mit Harding Boyle identisch war, Sheriff«, erklärte Ellery. »Die Nachforschungen meines Vaters in den letzten Tagen haben das bestätigt.«
»Hugh Griffin ist der Sache nachgegangen«, schaltete sich der Inspektor ein. »Berichten Sie, Hughie.«
»Vaughns richtiger Name lautete Harding Boyle«, erzählte Griffin. »Er stammte aus den Slums von Chicago und hatte eine beachtliche Vorstrafenliste, die vom Taschendiebstahl bis zum Raubüberfall reichte. Er war natürlich auch kein Rechtsanwalt. Hatte nie studiert. Aber im Zuchthaus lernt man allerhand. Als er das letztemal entlassen wurde, nahm er den Namen Vaughn an, um sich von seiner Vergangenheit zu lösen. Sonst hätte er nie seine Zulassung als Privatdetektiv bekommen.«
»Augenblick mal«, rief Sheriff Fleck. »Er war also auch ein unehelicher Sproß von Bronx, nicht wahr? Und er haßte den alten Mann.«
»Bestimmt«, bestätigte Ellery. »Allerdings hätte Vaughn jederzeit seine Rachegefühle für ein Vermögen von sechs Millionen Dollar hintan gestellt.«
»Wenn Vaughn doch Boyle war«, wandte Al Murphy ein, »warum hat er sich dann nicht zu erkennen gegeben?«
»Weil ein Haftbefehl gegen ihn lief. Er wollte auf Nummer Sicher gehen«, erwiderte der Inspektor. »Er verbarg sich unter dem Namen Vaughn, während nach dem Vermögen gesucht wurde. Wenn es nicht gefunden wurde, hatte er sich wenigstens nicht für nichts und wieder nichts der Gefahr der Entdeckung ausgesetzt. Und wenn es doch gefunden wurde, konnte er sich immer noch zu erkennen geben. Er hatte sich ja mit der eidesstattlichen Versicherung den Rücken gedeckt.«
»Und warum war er so dumm, das Papier bei den Nachlaßakten zu lassen?« fragte Pete Angelo. »Natürlich rechnete er damit, daß man es unter den Steuerabrechnungen nicht finden würde. Aber das war riskant.«
»Ja, das war es«, meinte Ellery. »Aber er mußte sich schützen, falls das Vermögen jemals gefunden werden sollte. Dieses Risiko mußte

er eingehen. Er konnte ja nicht wissen, daß der Sheriff ihm die Akte abnehmen würde. Das war ein kluger Schritt, Sheriff.«
Fleck strahlte.
»Aber ich verstehe immer noch nicht, wieso Vaughn ausgerechnet als Anwalt, Leibwächter und Testamentsvollstrecker von Mr. Bronx auftauchen konnte«, warf Jessie ein. »War das nicht ein toller Zufall, Ellery? Ich meine, er war Harding Boyle, der Erbe, und gleichzeitig Vaughn J. Vaughn, der Testamentsvollstrecker.«
»Das war durchaus kein Zufall«, versetzte Ellery. »Bronx suchte sich nämlich nicht Vaughn aus, sondern umgekehrt. Vaughn muß gewußt haben, daß der alte Bronx sein Vater war, stellte einige Nachforschungen an und trat dann an den alten Mann heran. Es fiel ihm nicht schwer, sich bei dem alten Mann beliebt zu machen und sein Vertrauen zu gewinnen. Er spielte den gewitzten Anwalt, den cleveren Detektiv und arbeitete außerdem billig.
Ein Siebtel des Vermögens – er glaubte nämlich wirklich an dessen Vorhandensein – war ihm sicher. Aber ich bin überzeugt, daß er es von vornherein darauf abgesehen hatte, das gesamte Vermögen an sich zu bringen. Darauf setzte ich, als ich ihm die Falle stellte. Der Brief von Hugo existierte natürlich gar nicht, und ebensowenig das Vermögen. Doch ich dachte mir, daß Vaughn, der um Geld getötet hatte, auf jeden Köder anbeißen würde. Und mit Sheriff Flecks Hilfe hat sich dieser Plan ja auch bewährt. Ich glaube, das wär's, Sheriff. Vielen Dank für das Essen. Wir werden uns jetzt auf die Rückfahrt machen.«
Doch Sheriff Fleck und Lew brachen als erste auf. Der Sheriff hatte es eilig, seine Vorbereitungen für die Pressekonferenz zu treffen.
»Ach, Vater«, sagte Ellery und griff unter den Tisch. »Hier habe ich noch ein kleines Andenken für dich.« Er zog die Bronzekassette heraus, die er und der Inspektor in Hugo Zarbus' Matratze verborgen hatten, um Vaughn J. Vaughn zu überführen.
Der Inspektor blickte mißtrauisch auf die Kassette nieder.
»Was habt ihr hineingetan?« fragte er.
»Sieh doch nach!«
Der Inspektor klappte den Deckel auf.
Bronze schimmerte stumpf. Aschenbecher, ein Stück vom Treppengeländer, eine Goldwaage, ein ziselierter Messergriff, ein kleiner Bilderrahmen. Alles aus Bronze.

Sechs Mini-Thriller

400 Seiten / Paperback

Berühmte Action-Autoren präsentieren temporeiche Unterhaltung. Spannung von der ersten bis zur letzten Seite.

Scherz

007 Ian Fleming

JAMES BOND

Als Scherz-action-Krimi erhältlich:

— Dr. No
— Der goldene Colt
— Casino Royale
— Countdown für die Ewigkeit
— Diamantenfieber
— Du lebst nur zweimal
— Goldfinger
— Im Dienste Ihrer Majestät
— Leben und sterben lassen
— Liebesgrüße aus Athen
— Liebesgrüße aus Moskau
— Mondblitz
— Im Angesicht des Todes
— Sag niemals nie
— Der Spion, der mich liebte
— Der Hauch des Todes

«Meisterhaft geschrieben.»
Raymond Chandler

Scherz-action-Krimis und **Scherz-Krimis**
finden Sie in Ihrer Buchhandlung

SCHERZ VERLAG
Bern — München — Wien